开学第一课

依据国家教育部和中央电视台
联合主办的《开学第一课》活动
"我的梦,中国梦"主题拓展原创版

寻找蔷薇园的兔子

中央电视台《开学第一课》编写组 编

时代文艺出版社

图书在版编目（CIP）数据

寻找蔷薇园的兔子 / 中央电视台《开学第一课》编写组编.—2版.
—长春：时代文艺出版社，2016.1（2023.7重印）
（开学第一课）
ISBN 978-7-5387-4920-5

I.①寻… Ⅱ.①中… Ⅲ.①中国文学—当代文学—作品综合集 Ⅳ.①I217.1

中国版本图书馆CIP数据核字（2015）第257163号

出品人 陈 琛
责任编辑 刘瑀婷
助理编辑 史 航
装帧设计 孙 利
排版制作 隋淑凤

寻找蔷薇园的兔子

中央电视台《开学第一课》编写组 编

出版发行 / 时代文艺出版社
地址 / 长春市福祉大路5788号 龙腾国际大厦A座15层 邮编 / 130118
总编办 / 0431-81629751 发行部 / 0431-81629755
官方微博 / weibo.com / tlapress 天猫旗舰店 / sdwycbsgf.tmall.com
印刷 / 北京市一鑫印务有限公司
开本 / 710mm×1000mm 1/16 字数 / 120千字 印张 / 12
版次 / 2016年1月第2版 印次 / 2023年7月第3次印刷 定价 / 36.00元

图书如有印装错误 请寄回印厂调换

《开学第一课》编委会

编委会主任：韩　青　许文广

主　编：许文广

副主编：卢小波

编　委：张雪梅　骆幼伟　张　燕　吴继红

　　　　刘翠玲　柏建华　孙硕夫　高　亮

　　　　夏野虹　禹　宏　彭　宇　邓淑杰

　　　　李天卿　曾艳纯　郜玉乐　孟　婧

《开学第一课》的价值

　　有人问我，《开学第一课》的价值体现在什么地方？我认为最重要的就是全社会希望并通过我们传递出来的价值观。多元是时代进步的标志，我们尊重不同的声音和价值理念，但是作为教育部和中央电视台联手举办的一项公益活动，我们要传递的是主流的、与时俱进又符合中华文明传统的价值观。

　　在2008年，我们通过《开学第一课》传递了抗震精神和奥运精神；2009年正值新中国60周年华诞，我们在象征着民族精神的长城，为孩子们播撒下爱的种子；2010年，我们告诉孩子们，一个拥有梦想的民族，一个不断仰望星空的民族，就是拥有未来的民族，人生的每一个阶段都需要梦想的指引、坚持和探索，而每个人的梦想汇集起来就可能成为国家的梦想、民族的梦想。

　　举办《开学第一课》三年来，我个人也有一个梦想，我梦想这项目光远大、朝气蓬勃的公益活动能够坚持举办十年，让它给这一代孩子的成长提供正面的、积极向上的力量，这就是《开学第一课》的意义所在。

　　我希望全社会的力量汇集起来，给孩子们一种价值观的教育，中央电视台愿意承担使命，连同教育部把这项公益活动做好。我们也欢迎全社会各界积极参与、支持，从出版、纸媒、网络、志愿行动、慈善事业等各个方面，加入到这个追逐共同梦想、打造恒久价值的公益活动中来。

　　由此，我亦十分高兴地看到《开学第一课》系列丛书的出版，我相信时代文艺出版社正是基于我们共同的理想，以出版的力量为孩子们的未来创造了更丰富的阅读食粮，为《开学第一课》的精神理念提供了更多样的传递方式。

中央电视台 许文广

目　录

001

第二部分　漫漫淘天下

第三部分　妙妙小豆丁

003

第五部分　奇奇梦虹霓

第一部分

恋恋星际游

　　未来的鞋还可以穿梭时空隧道，可以让老人再一次回到美好的童年，让科学家回到恐龙时代，进一步去研究恐龙、了解恐龙，也可以去那浩瀚无垠的太空探索……

——沈赵阳宇《未来的鞋》

二十年后的我

沙书宇

时间过得真快，一转眼，二十年过去了。我已成了一位有名的发明家。正好今天有空，带你去我的研究室看看吧！Stop，不要鼓掌，也不要欢呼，在我的研究室里，安静才是主旋律。

由于本人发明过的东西实在是太多了，所以就不能逐个为你们介绍，抱歉，十分抱歉。让我想一想，这样，我让你们见识一下现代版，经本大师之手所创作的"三大发明"。

第一种——食品加工器

这是一种灵巧的东西。它是圆形的，直径只有2.5厘米，方便携带。它有上下两层，上层有一个小屏幕，下面有一排六个按钮，分别是"快餐药粒""加热""快速加热""充电""定时""设置""开/关"；下层是一个太阳能充电屏；中间有一个边长1厘米的正方形空隙，旁边有一个小按钮。当你按下开关时，小屏幕会提醒你：请按下中间的按钮，使加热管弹出。操作后，小屏幕又会提醒你：请选定模式。这时，下面的六个按钮会循环亮灯。大家自己看了都会明白，我也就不用费太多的口舌了。

第二种——快餐药粒

这种东西耳熟吧，刚才的"食品加工器"的第一个按钮上就出现了它的大名。它也是我的发明之一。现在科技越来越发达，市场竞争也越来越激烈，有很多人废寝忘食，没有时间吃饭。而我发明的这种药粒，制造时间只需三秒钟，却含有人体三天所需的所有营养元素，而且没有副作用。

第三种——笨笨机器人

这可是我最杰出的发明。别看它名字叫笨笨，可它一点儿都不笨——它可是高智能机器人。它很勤快，愿意承担一切家务，但是如果你强迫它，嘻嘻……后果自负。它还很聪明，下棋、打篮球等等，样样都会！

这就是二十年后的我——发明家！

珍藏爱

徐　峥

小鹿的妈妈很爱小鹿。每天为她做饭，为她收拾书包，给她穿衣服……可是小鹿却只知道气妈妈，不理妈妈，不珍惜妈妈的爱。鹿妈妈想，这样可不行，于是就想出一计。

有一天，鹿妈妈躺在床上假装生病。小鹿放学回来，放下书包，依旧不闻不问也不关心妈妈，自己跑出去玩。到了吃饭的时候，小鹿饿极了跑回家，急忙对妈妈说："妈妈，快点给我做饭吧，我都快饿死了。"妈妈"有气无力"地说："孩子，妈妈今天身体不舒服，你自己做一次饭吧！"小鹿听后，气愤地说："你就是找理由，不想给我做！哼，自己做就自己做，有什么了不起的。我一定比你做得好！"小鹿说完，噘起小嘴，气呼呼地直奔厨房。厨房里马上响起了"叮叮当当"的声音。鹿妈妈悄悄走到厨房门口偷偷一看，小鹿正在笨手笨脚地刷锅呢！妈妈看着笑了，又回到床上躺下。又过了一会儿，厨房里响起了切菜的声音。鹿妈妈担心小鹿毛手毛脚切到手指，就又蹑手蹑脚地起来。刚到门口，就听到"啊"的一声，妈妈跑进去一看，菜刀真的切到了小鹿的手上，鲜血直流。鹿妈妈赶忙拿来创可贴，把小鹿受伤的手贴上了，还哄着小鹿说："怪妈妈，妈妈不该让你自己做饭，可你总是要自己学着照顾自己，学着长大，妈妈不能一辈子都照顾你呀。"哄了大半天，小鹿才停止了哭声，脸上露出了笑容。

经过了一些事，小鹿渐渐明白了：妈妈是在培养她的独立能力，使自己长大之后能独立生活。从此，小鹿心里珍藏着妈妈的爱，更加勤奋，更加自立，更加关心别人。后来小鹿成为鹿群里最漂亮、最勇敢、最受欢迎的鹿。

传递温暖的爱

杨子轩

从前，有一片非常大的森林，里面生活着许多小动物，他们经常互相帮助，生活得很快乐。

这一天，小松鼠在树上玩耍时不小心摔了下来，正好小白兔经过这里，看见小松鼠受伤了，马上把他送进了森林医院。小松鼠摔伤的消息传遍了森林，伙伴们听说了这件事立即来到了医院，焦急地等待着结果。当梅花鹿医生从病房里走出来时，小伙伴们马上围了上去问道："小松鼠怎么样了？""他的伤势严重吗？"梅花鹿医生摘下口罩轻松地说："不要紧，只是一点儿小伤，在这里住几天就可以好了。"小伙伴们都松了一口气，他们来到病房里看见小松鼠正在输液，小狗问小松鼠："疼吗？"小松鼠说："有点儿疼，谢谢你们大家来看我。"小伙伴们都说："不用谢。"小松鼠说："天色不早了，你们快回家吧！"小猴子说："那我们先回去吧，让小松鼠好好休息吧！"大家这才离开医院。

第二天一大早，小伙伴们又不约而同地来看望小松鼠了，小山羊带来了自己最爱吃的青草，小白兔带来了新鲜的胡萝卜，小猴子拿来了刚从树上摘下的桃子……大家把带来的礼物摆在了小松鼠的面前，小松鼠看了看说："谢谢你们了，可是我不能收下。"小狗说："你就收下吧，这是我们的心意呀！"小山羊也急切地说："小松鼠你快收下吧！"这时，聪明的小狐狸突然说："小松鼠爱吃松果，我们送给他的都是我们自己爱吃的，不是小松鼠爱吃的呀！"小伙伴们听了小狐狸这么一说才恍然大悟，大家纷纷把带来的东西又拿了回去。路上，小猴子说："我会爬树，我去给小松鼠采松果吧！"小猴子三下两下就爬上了一棵大松树，摘下了几个大大的松果，他们又重新回到医院，把松果送给了小松鼠，小松鼠激动地说："你们都这么关心我，以后我也会在别人有困难的时候主动去帮助他。"小松鼠开心地吃着松果，病房里充满了他们快乐的笑声。

温暖的爱在大森林里传递着。

第一部分　恋恋星际游

女娲补天

王绩赫

现在是公元2111年，由于人类严重缺乏环保意识，导致地球10%的臭氧层遭到破坏。无奈之下，大家只能求助于女娲再次补天了。"女娲娘娘，请您帮我们补天吧！我们已经无法生存了！"众神纷纷打来电话求助，就连法力无边的天帝无奈之下都亲自来到女娲娘娘的住所劝说。

当女娲娘娘看到她辛辛苦苦为人类创下的生活环境变得如此不堪入目时，气愤地说道："可恨的屡教不改的你们，不断地浪费资源，制造大量的有毒气体，滥杀你们的好朋友——动物，破坏森林生态，使地球逐渐变成一个毫无生机的死球，我不能帮你们。"说完便腾空而去。

可回到家中的女娲娘娘仍旧放心不下，这时她收到一封E－mail："女娲娘娘，我是一位平凡的小学生，自从我出生以来就没见过真实的蓝天、白云、绿草和那些可爱的动物。我多么想亲眼见一下呀！如果你肯为我们再补一次天，我向您保证我和我身边的同学，以及所有的小朋友都会好好地珍惜地球保护环境。"女娲娘娘想到这些可爱的孩子们心痛不已。可是上次补天的五彩石早已用尽，这次应该用什么呢？

这时智多星想出了一个办法：用河卵石、泉水、树脂和各种花草树木制成浆来作为补天的材料。办法有了，可是材料去哪找呢？地球上除了堆积成山的塑料垃圾、枯烂的树枝就是毫无养分的土壤了，最后只好利用高科技仪器来自动查找。仪器最终锁定在太平洋深处的一座无人岛上，小岛上依然是绿树成荫，鸟语花香。由于这里长期没有人类的居住又远离城市，因此才逃过一劫，免遭破坏。最后女娲娘娘在众神的共同努力下制好了补天所需的材料，将天重新补好。蓝天白云再次出现在人们的头上。

联合国也召开了一次盛大的会议，号召所有的人们一同种植花草树木，清理地球上的垃圾，要求人们增强环保意识。疲惫的女娲娘娘也警告人们从此以后再也不补天了！

　　同学们，朋友们，以后我们该再向谁求助呢？又有谁能够再次为人们无知的行为负责呢？所以，我呼吁所有地球人，珍惜生命、爱护环境，为人类创造出更好的生存家园！

大树爷爷哭了

圆　韵

　　我听到一阵伤心的抽泣声。是谁在哭呢？我循着声音找去，原来是大树爷爷。

　　我走进一看，大树爷爷低垂着身子，正用他那双写满沧桑的手默默地抹着眼泪。我不解地问："大树爷爷您为什么要哭呀？"大树爷爷看见我来了，停止了哭泣，一脸凝重地看着我。我很奇怪，之前一直开朗乐观的老顽童大树爷爷，今天是怎么了？这时，大树爷爷叹了一口气，对我说："孩子，我是在为人类感到悲哀啊！"我更加不解了，急忙问："为什么呀？现在，人类不是发展得很好吗？原先空旷的土地上都建起了一排排高楼大厦，一条条宽阔的公路，一辆辆汽车……""可是你知道这一切带来的后果是什么吗？"我还想继续说，可大树爷爷打断了我，听了大树爷爷的话，我无语了……

　　大树爷爷说："想当年人们还没有这些高楼大厦，现代化的东西，我们的生活是多么快活呀！一排排的绿树在春风中挺立，一只只鸟儿在蔚蓝的天空中嬉戏、玩耍，一条条小鱼儿在清澈的溪水中自由自在地畅游。农田里一片片金黄的稻穗在秋风的吹拂下跳起欢快的舞蹈。"说到这里，大树爷爷的脸上露出了笑意，仿佛沉醉在那美好的画面之中。

　　大树爷爷突然变得严肃起来，刚才的美梦好像突然被打断了似的。他悲伤、难过地说道："可你看看现在变成什么样子了？原先的绿树被人类无情地砍伐，鸟儿也被人类用枪残忍地杀害。由于人类的工厂把污水排进小河，河里的水也变得越来越混浊，甚至发出臭味。原先那些快乐的鱼儿都不复存在了，我真为它们感到心痛。还有，那些长满庄稼的稻田，都被征用，改成了一座座工厂。这些工厂排出的浓烟把天空也污染了，原先的一碧如洗已很难见到，见到的是一片灰色的天空，老天爷对人类的暴行也不满了，阴沉着脸，流下苦涩的泪水……"

　　大树爷爷在哭泣，是在为我！

当地球没有引力的时候

罗舒桐

　　我躺在田野里，仰望着蔚蓝的天空、洁白的云彩、耀眼的太阳。我是多么想做一次天空之旅呀！这时，我情不自禁地说了一句："讨厌的地球引力。"

　　正当我大声诅咒地球引力的时候，忽然，我感觉我的身体开始飞速地朝顺时针的方向旋转，这令我感到头晕，于是晕晕乎乎地昏睡了过去。当我醒来时，感觉身体轻飘飘的，我向四周望了望，才发现自己站在空中。

　　我走回城市里，找到一个过路人问为什么人会站在空中？他回答我说："这种现象是由于A·M博士的REC药水形成的，使地球减轻了9/10的引力。""哇！"我太高兴了，飞奔回家里，换了一身运动服，直奔体育馆。

　　四十分钟后，我来到了体育馆。今天的人好多，把体育馆的大门挤得水泄不通。我走进体育馆，一位魁梧的教练向我走过来，手里拿着一个杠铃。对我说："小姑娘，来举重？来试一试这个杠铃。"我的心里像十五个吊桶打水——七上八下。然而教练不管三七二十一地把杠铃朝我"扔"过来。心惊胆战的我用力接了一下杠铃，险些摔倒。啊！好轻啊！我像在举棉花。教练笑了笑，顺手拿起另一个杠铃，递给我。我满怀信心地接住了。我太高兴了，隐隐有些自豪。我兴高采烈地走出体育馆的大门，不仅吓了一跳——外面黑得很。才发现自己在体育馆待了很长时间。不论我怎么回忆，也想不起来来时的路了。我急得满头大汗。黑色的云彩在我头顶上飘来飘去，有时还表演"天狗食月"，好吓人啊！我意识到外面有多么恐怖了，很想回家，但找不到原来的路；想住旅店，可是我没有钱。"阿嚏"，我打了个喷嚏，感觉有点感冒了。忽然，我"哇"的一声吐了。我吐出的脏物在我身边来回"散步"，令我倍感恶心。

　　突然身体又开始朝逆时针的方向飞速旋转，身体也一点点变重。"哐"的一声，我被惊醒了。向四周看看，发现没有异样，这才放了心。我擦掉头上的冷汗，想，地球不能没有引力啊！

到月球上做客

丁梓辰

今天，我在书店看了一本名为《我登上了月球》的书，突然书有了魔力，将我吸了进去……

我感觉自己在时空隧道中穿梭着，感觉我来到了另一个星球上。我环顾四周，只能看见高山和荒原，一片灰色的世界。我向上看了一眼，看到了蔚蓝的星球——地球、太阳以及其他太阳系内的星球。哦，我已经来到了我向往已久的地方——月球。

我向前走，走着走着，我看见了一个人形生物，这应该就是人们常说的外星人吧。我吓了一大跳，飞快地向后逃开了，可是他跑得比我快多了。他挡在我前面，对我说："你为什么见了我就跑呢？"

"因为你是外星人，所以我害怕。"我说。

"不要害怕，我是生活在月球上的月球人，我没有恶意，欢迎你来到月球。"他又说。

就这样我们聊了起来，很开心，我想我交到了一个很好的朋友。

过了一会儿，他带我去他的家里玩。一进门，我就看见墙上有一些大大小小的按钮。他按下红色的按钮，桌上就会出现一些水果，都是些叫不出名字的水果。一按绿色的按钮，就会出现一个机器人保姆，他会为你端上一些美味佳肴。最特别的是蓝色的按钮，一按下它，房屋的场景就会发生改变，比如说想去旱冰场，按下蓝色按钮，就会发现自己站在旱冰场中。当时我按了一下蓝色按钮，说我想看长城，于是一下子就发现自己已经站在长城上了。他说："好壮观呀！"我们又去看了一些中国的名胜古迹。

到了晚上，我觉得时间也不早了，该回家了，就向他道了别，但是突然发愁不知怎样回去。这时他说："不用担心，我送你回去。"又是巨大的魔力将我吸到了时空隧道中，沿着来时的路把我送回了地球。

这次到月球做客，我太高兴了。

22世纪的畅想

蔡珍妮

一道曙光划破了信息社会的长空，照亮了这座城市的一切。一幢幢高大新颖的建筑物，一排排科学培育的大白杨，都沐浴在晨光里，一个阳光明媚的早晨来临了。

在宽阔的林荫大道上，没有一辆车，这是怎么回事呢？原来在22世纪是节能的世界。为了环境，22世纪代步工具是SOE太阳能飞碟了，你可以在飞碟里吃饭、玩PSP、上网、睡觉都可以哩！这时突然一辆由机器人开的跑车飞碟急速开来，哎呀，不好，眼看跑车飞碟就要跟DFG飞碟撞上了。嗨！别急，别急，别急，飞碟立刻自动升到另一架飞碟上面飞走了。突然，一个灯亮了，放出了动听的音乐。这是怎么回事呢？原来，这段音乐是在提醒各种飞碟注意，防止混乱。

俗话说"民以食为天"，在我们中国，几乎每个地方都有特色美食，如北京烤鸭、苏州豆腐，但22世纪吃饭却变得很简单、天然，人们一天只吃一顿太空食品，但营养丰富，足以满足人们的健康需求，而且延年益寿。

22世纪的人们穿的是百变服装，它可以根据需要，按照声音命令变成男装或女装，以及大家喜欢的样式和颜色，当然衣服上也不需要按钮。如果去探望病人，可以命令它变成另一种白色的服装；如果参加婚礼可以命令它变成红色的服装……它也可以根据样式、颜色配出鞋子、手套……百变服装冬暖夏凉。只要命令暖或凉，就会感到温暖或凉爽。这种百变服装可以满足你的任何需求。

到了22世纪，整个人类的生活条件将大为改善。人们住的都是高楼大厦———一般都有一千层高呢。这么高的楼房，怎么上去呢？你一定会说"乘电梯"。不，到了22世纪，电梯已经是落后的小弟弟了，或者就是根本不存在了。楼房下面，每对准一个窗口的地方，都有一束花，竟有几亿

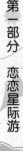

第一部分 恋恋星际游

束，如果你是二楼的主人，就可以乘在对准二楼窗口的花上，花上有数字电钮，只要你按上你要去的高度，就可以飘然而上。坐在上面的人还会闻到一股沁人的香味。到了楼上，如果你是这家的主人你喜欢海滨夜色，这间房子会让你产生置身于"迷离境界"的感觉，一切也生活在模糊中，隔着一片波光掩映的海，便是灿烂夺目的霓虹灯光，在朦胧的夜色中，把整个夜色粉饰一番。

未来世界好美，未来世界让我向往！

龟兔赛跑新编

张宇婷

众所周知，上次兔子和乌龟比赛，兔子由于骄傲轻敌而战败。兔子很不服气，他天天不吃不喝，一直练习跑步。这不，兔子决心放弃骄傲，去找乌龟挑战，智慧的乌龟收下了兔子的挑战书。

兔子还请了森林里许多小动物来观看，并邀请林中之王老虎做裁判。老虎同意当裁判并且还宣布了比赛路线，要走过很大的原始森林，翻过高高的山，并在山上一棵很高的树上摘一个苹果，再游过小河。比赛双方不管用什么方式参加比赛，只要是第一个到达终点的就是胜利者。

比赛前几天，兔子拼命练习，每天都是在跑步中度过，他觉得自己一定能赢，而且还特意去比赛路线现场试验过呢！而乌龟呢，则是每天不辞辛苦地收集香蕉皮，觉得自己一定能出奇制胜，继续卫冕。

约定的比赛时刻终于来临了，乌龟拿出自己精心制作的绝密武器——"香蕉皮溜冰鞋"。老虎裁判员一声令下，兔子一马当先仿佛离弦的箭，乌龟也毫不示弱，在鞋上沾点水，充分发挥"香蕉皮溜冰鞋"的潜能，飞似的冲上赛道，超越了兔子。

乌龟很快就穿过森林，爬到山顶，来到那棵很高的苹果树下，苹果树高高的，苹果也高高地挂在树上，乌龟的"香蕉皮溜冰鞋"也派不上用场了，爬不了树，乌龟正在犯愁，兔子赶了上来，飞快地爬上树摘了两个苹果，递给乌龟一个，说："继续比赛吧！"说完飞似的跑了，没了踪影，乌龟也不落后，他们跑呀跑，来到小河边，兔子呆住了，这时乌龟也到了，看到这个情景，就对兔子说："我背你过河。"

当他们俩到达终点的时候，小动物们都傻了。一会儿，老虎说："啊！你们真了不起，懂得了友谊第一，比赛第二，我为你们感到骄傲！"

这个故事告诉我们，无论什么时候都要想着别人，不能光想着自己，要知道友谊是最宝贵的！

救护车的故事

胡 淼

"嘀嘟——嘀嘟"，动物急救中心的救护车响着急促的笛声在公路上奔驰着。开车的是新司机——小鸡。车上拉的是重危病人——兔妈妈。

按照兔家族的族规，窝边的草是吃不得的，这是因为窝边的草是用来遮蔽兔子窝门的。可是，今天上午，淘气的小白兔不听妈妈的话，图省事、偷懒，一出门便把门口的草吃个精光。兔妈妈出来一看，这还了得，洞口一览无遗地裸露在山坡上，多危险呀。她一生气，心脏病发作了，眼一翻，脚一蹬，休克了。

为了抢救兔妈妈的生命，小鸡猛踩油门，汽车飞也似的朝前跑去。

突然，公路上出现了一只金龟子，她蹶着个屁股在那儿慢慢地爬着玩。小鸡吓得忙踩刹车，可惜太晚了，车也太快了，哪儿还刹得住，一下子把金龟子撞出一溜滚儿。车停下来，小鸡连忙下车去看金龟子，只见金龟子八脚朝天正在那儿乱蹬一气，小鸡赶紧把金龟子扶起来，问："金龟子，您没伤着吧，对不起。"金龟子站起来，先拍了拍身上的土，然后说："还好，幸亏我有一身坚硬的盔甲。"小鸡仔细打量了一下金龟子，除了头上起了个大包之外，没有发现别的伤痕，这才长长出了口气，说："虽然从表面上看不到什么伤，可还是到医院做一下透视稳妥，我正好去急救中心，上车吧。"

可汽车刚跑出一段路，小鸡又把车停下来了，因为，他看见路边有条狗晕倒了，可能是中暑了，小鸡吃力地把狗拖进了车厢里。

此时已经是下午四点整了，急救中心是五点下班，想到这里，小鸡又加快了车速，汽车像匹野马似的狂奔，掀起一溜儿灰尘。而忙中添乱的是，公路远处走来一只猫。他晃晃悠悠，东摇西摆地走着，小鸡赶紧减速。汽车离猫越来越近了，猫仍不紧不慢地在路中央晃悠。小鸡按几下喇叭，可猫不但不理，反而站在那儿指手画脚的，像个指挥交通的警察。

无奈，小鸡只好急刹车，原来猫喝醉了，在耍酒疯，跟他讲道理是讲不通的，可他一直挡着路，车上的病人病情十分危急，这可怎么办呢？

　　小鸡灵机一动，告诉猫车上有酒，顺利地把他推上了车，拉到急救中心给他洗洗胃，帮他醒醒酒。

　　啊！已经四点半了。再有半个小时，急救中心就要下班了。

　　小鸡开动了汽车，这次汽车简直快得无法形容。当汽车开到急救中心的时候，小鸡一看表，正好五点。这时，医生们正准备下班，见救护车开来了，他们马上做好了准备。小鸡打开了车厢门。他一下子就愣住了，他本以为病人说不定怎么个东倒西歪的惨状呢！奇怪的是四个病人全都安然无恙，就连犯心脏病的兔妈妈这会儿也好着呢！

　　医生们一看根本没有病人，都责怪小鸡做事不认真："小鸡呀！你开什么玩笑？"小鸡很委屈，可又无法解释。最后金龟子说出了事情的经过：救护车只有金龟子病得最轻，他觉得车厢闷热，怕对兔妈妈、猫和狗不好，于是他就主动地为他们扇风，别看金龟子的翅膀不大，可扇起风来赛过一台小电扇，车厢里顿时凉爽了许多。谁知，扇了一会儿，中暑的狗竟然被风吹醒了。狗又叫醒了猫，并把自己翻肠洗胃的绝招教给了喝醉的猫。别说，这招还真灵，猫竟真的把肠胃里的酒吐出来了，然后就清醒过来了。而他正是一位医术高明的医生。他又给犯心脏病的兔妈妈进行紧急抢救，兔妈妈才脱离了危险。兔妈妈又帮金龟子揉平了头上的大包。

　　小鸡和众位医生听了事情的经过，都高兴地拍起手来，称赞他们是互助友爱的好伙伴、好榜样。

梦游恐龙世界

濮宇昕

晚上，我坐在书桌前看小说，不知不觉地睡着了。

在梦中我觉得自己仿佛长大了，成了一名出色的动物学家。我和时间研究所的时间博士乘坐着时空飞船，来到了恐龙生活的那个年代，目的是让恐龙重回地球。"呼"的一声，飞船降落在一块平地上。我下了飞船，独自往前走。只见眼前是一片茂密的树林，还有一条弯弯的小河，河水哗哗地流着。多美的景色呀！就在这时，一个巨大的黑影向我靠近。我忙转身一看，啊，是恐龙！怎么办？我赶忙用应急电脑通知时间博士，博士乘飞船赶来了。他从飞船上扔下一个红外线定位器说："快按红色的按钮！"我接过定位器，立即按下按钮。只见那东西放出耀眼的红光，恐龙便马上静止不动了。我长长地舒了口气，心想：好家伙，我总算找到你！可是这么大的个儿怎么带回去呢？我琢磨了一阵，拿出药用针筒，从恐龙的身体中取出少量血液，放入小型手提式电冰箱中，准备带回实验室。飞船再次起飞了，"呼"的一声，不一会儿，又回到了我们生活的空间。

一下飞船，我们就马上走进实验大楼，先将恐龙的血液注入鸵鸟蛋，放入射线箱内，让它转化成恐龙蛋，再放入温箱内孵化。过了几天，小恐龙终于诞生了。在欢喜之余，我不禁又想起一个问题：恐龙是十分庞大凶猛的动物，要是它长大了怎么办？于是，我发明了一种动物芯片，把它植入恐龙头皮中，就可以使恐龙变得温顺。为了控制恐龙那庞大的身躯，我还发明了定形药水，只要给恐龙吃了，就可以控制它的身高、大小，甚至使它长得像小狗、小猫那般大。

恐龙终于复活了。我好开心地跳啊！叫啊！

一觉醒来，原来是个梦。

我回忆梦中的情景，觉得好笑。但我又想，只要我们现在努力学习，将来总有一天，我们有办法使许多已灭绝的动植物复活，让地球的生态环境永远保持平衡，让我们的生活环境更加美好。

快乐的迎春音乐会

龚莺飞

今天，天气晴朗，蓝蓝的天空中飘着朵朵白云，温暖的春风唤醒了沉睡已久的大树、青蛙、乌龟……

"呀，惨了，音乐会！我们要迟到了！"乌龟夫妇对他们的孩子说。"快，拿好锣鼓，我们得出发了！"乌龟丈夫急促地喊着，心急如焚。乌龟们一步一步，慢吞吞地向前爬着，爬了半天，个个都大汗淋漓，上气不接下气了，可连一半的路程都没走完。这时，从老松树上掉下来一辆树叶车，老松树沉沉地说："喂，硬壳的小乌龟，驶着我这辆树叶车，保管你们不会迟到！"乌龟们如释重负，谢过老松树，挤上了小车，边敲锣，边打鼓，欢快地驶向音乐会现场。

此时，兔子和青蛙也正一蹦一跳地飞快前进，但是跑跳了一阵子，他们就双腿发软，跳不动了。这时，花朵们掏出自己用花叶和花瓣做的滑板，送给了兔子，小青草也拿出了草根编的急速滑板送给了青蛙。兔子和青蛙们踏着滑板，捧着乐器，迎着春风，向音乐会现场滑去。

迎春音乐会时间到了，大家都正好赶到，由猫头鹰博士主持的迎春音乐会正式开始了。大象吹着小号，长颈鹿吹着萨克斯，小鹿演奏着小提琴，袋鼠表演着芭蕾舞，乌龟打着锣鼓……大家以出色的表演来迎接春天，迎接新的一年。

听了优美的旋律，大树们又抽出了嫩绿的芽，小草们又长高了，小花开得更艳丽。此时此刻，天更蓝了，云更白了，太阳公公笑了，阳光普照大地，整个森林被春天包围了，被美妙动听的乐曲染绿了。

绿色的呼唤

侯禹竹

一天，丽塔正在网上查资料，忽然，一幅巨型画面映入她的眼帘，那是一幅被酸雨腐蚀过的森林的图片。被酸雨腐蚀过的一棵棵参天大树只剩下一个个枝丫直直地指着天空，仿佛是它们伸出了一根根手指头在质问苍天："我为什么会变成这样？"图片旁的解说词是这样写的：酸雨是由工厂放出的废气和雨滴结合形成的。

丽塔又在一幅图片上看到了伊拉克和美国发生了战争，结果大量的石油在海上泄漏，导致无数鱼类和鸟类命丧黄泉。类似的事情还在发生：在一片泛着白色垃圾的沙滩上，无数银光闪闪并睁着眼睛的死鱼长眠在这绵延三千多米长的死亡海岸线上。看了这些，丽塔真想大声问问我们自己的良心：这些鲜活的生命就可以无辜地死在人类的手中吗？它们死不瞑目啊！人类应该觉醒了。

丽塔还看到：在南极上空，已经出现了臭氧层漏洞，臭氧层是地球的大衣，没有了这件大衣，太阳光照耀出的紫外线，就会对动植物造成严重伤害。如果人类长期在紫外线下生存，还会得一种非常可怕的皮肤癌。而这罪魁祸首就是二氧化碳！还有在西藏有一种非常可爱但又快要绝种了的动物叫藏羚羊，为什么会快要绝种了呢？是因为人类大量捕杀它们，把它们的皮加工成精美的披肩，加工出的披肩柔软到可以从一枚小小的戒指里穿过，这更增加了它的身价。但是，在那一沓沓金钱里，在那柔软的披肩里，你可曾听见过藏羚羊那低低的哭泣？

丽塔在日记本里写道：尽管我对以上那些痛心的事情无能为力，但我可以管好自己：节约用纸，把写过的本子的背面当成演算纸；把废纸送到回收站，回收站卖给工厂，工厂再加工出有用的东西。据说三个塑料瓶可加工成一个芭比娃娃的头发，五百个一次性发泡餐盒可加工成一件西装。

朋友们，为了美好的明天，我们应该从现在开始，从我做起保护我们赖以生存的地球，让地球——我们的家园变得越来越美好！

冒险之旅

陈禹彤

下课铃响了，刚刚还安静的操场上，马上就成了欢乐的海洋。可这次下课和平常不一样，那个往常不惹人注意的宣传栏前，挤满了大大小小的学生，高个子的同学都挤到了前面，小个子的同学两手把在高个子同学的肩膀上，一蹿一蹿地跳着看。好奇心涌上我的心头，我不由自主地也走了过去。只见上面写着：学校明日将要带领六名同学去冒险。真是一个好消息呀！我带着很大的信心迎接下午的投票选举。令我兴奋的是，我明天可以去冒险了！晚上，我翻来覆去地睡不着，想着明天惊险的冒险，心里别提有多高兴了。

晚上好漫长啊！终于盼到了今天，我高兴地站好队等待着老师的命令。颠簸的路途已让我们筋疲力尽，但我们仍然想马上开始冒险。

冒险之旅终于开始了！我们走进了迷宫一样的森林，周围的树木让我们走得团团转。我们要在里面找到一把钥匙后，然后成功返回，并在路上躲避怪物。心里的恐惧布满了全身。光听着老师的讲述，就使我心惊胆战！最后，还是在同学们的鼓励下进入了森林深处。

一只只怪兽潜藏在我们的周围，我心想：愿上天保佑吧！因为害怕怪物，根本就没把找钥匙的事情放在心上，四处都在提防着怪物。突然一只凶猛的怪兽向我扑来，我以最快的速度逃跑，可那面目狰狞的面容依旧在后面，只见它越来越近！突然我不知道哪来的勇气，反倒向怪物扑去，和它搏斗起来。虽然脸上和手上有着脏兮兮的泥土，可我还是使出全身的力气向怪物劈去，一刀、两刀……怪物终于筋疲力尽，带着满身的伤痕倒下了！我兴奋不已。在我兴奋的时候，不知是谁拍了我一下，我不禁吓了一跳！

睁开双眼。原来是一场梦！甩掉刚才的梦意，上前照照镜子，完好的皮肤让我耸耸肩，并开心一笑！

多么美好的勇者梦啊！多么想真正当一个令人佩服的勇者啊！想象着自己心中美好的遐想，还想再做一次美丽又勇敢的勇者梦！

第一部分　恋恋星际游

咪咪和吱吱

王乐欣

很久很久以前，小猫咪咪和老鼠吱吱是好朋友。

就要到冬天了，咪咪对吱吱说："冬天快来了，我们应该储备一些过冬的食物。"吱吱说："不用你说，我已经准备好了猪油。可是我不知道应该放在哪里？"咪咪提议说："放在教堂吧！没有动物会偷教堂里的东西，我替你去送吧。"吱吱说："太好了，谢谢你。"

过了几天，咪咪想吃点食物，它猛地想起那罐猪油。于是，就骗吱吱说："吱吱，我的大姐生了一只小白猫，叫我去给起个名字。我去了。"咪咪出了家门后，马上跑到教堂去偷吃猪油。晚上咪咪一回到家，吱吱就问："给小猫起了什么名字？"咪咪没办法，只好说："没了顶层。"吱吱说："怎么给小猫起了这么个名字？好奇怪。"咪咪说："你不知道，在我们猫族，今年出生的小猫必须叫歪名。"

又过了几天，咪咪还想吃猪油，于是它又骗吱吱说："吱吱，我表姐家生了一个小黑猫，叫我给起名字。"咪咪依然去了教堂偷吃猪油。晚上，吱吱问："这次你给这只小猫起的什么歪名啊？"咪咪说："吃了一半。"这次吱吱没说什么。

又过了几天，咪咪依然用以前的老办法来骗吱吱，获取时间来偷吃猪油。不过，这次咪咪把猪油全都吃光了。回到家，吱吱又问："小猫叫什么呀？"咪咪回答："一点不剩。"

到了冬天，吱吱和咪咪一起去教堂拿猪油。到了之后，吱吱说："咦？我们的食物怎么没了。"咪咪回答："不……不知道啊！"吱吱一下子反应过来了，说："哦！我终于知道了，什么'没了顶层''吃了一半''一点不剩'，都是你骗我的。原来，你是来偷吃猪油了。"咪咪说："你都知道了，我也不瞒你了。是我吃了猪油，怎样？"吱吱说："你也不想想，我们冬天吃什么？"咪咪却说："吃什么，你怎么办我不知道，我只知道我是吃定你了。"说着，它就向吱吱扑去。

从此，猫和老鼠就成了不共戴天的仇人。

祈　愿

赵冬雪

在我心中，一直有个美丽的愿望，我要变漂亮。

我，是一只毛毛虫，软弱，丑陋，所到之处，迎接我的只是嘲笑，我能做的只是强忍着泪水，低着头，挪动那肥胖的身子走开。

我照着叶片上的水滴，上面呈现着我丑陋的外表，肥到看不见自己身体的全貌，恶心的肉白色，还有许多毛！"为什么？我一定要变漂亮？"我伸出手，用力打散了水滴！

夕阳下，我努力地弯下肥胖的身体，双手合十，祈祷上帝，突然，一道五颜六色的光射进我的双眼，顺着光芒望去，一只美丽的动物出现在我眼前，她有一双色彩斑斓的翅膀，她好美，美得那般华贵，那般炫目，她挥动着轻巧的翅膀在花间飞舞！

我愣住了，不敢相信世间还有如此美丽的动物，而我自己……

黑夜渐渐笼罩大地，我再一次跪在十字架前，"仁慈的上帝啊！求求你，我真的不愿意当一辈子虫子，让我变漂亮吧！为了变漂亮，我什么都可以承受的！"黑夜中，一束刺眼的光线从天而降，一个无比威严的声音在我耳边响起："小毛毛虫，蝴蝶之所以那么美丽，她可是承受了巨大的痛苦，付出了超出常人的努力与坚持，你真能做得到吗？"

"我能，我能，为了变漂亮我可以，再大的痛苦也可以。"我兴奋地跳起。

"那好吧！我的孩子，希望你能成功。"突然这时，一道神光射在我身上，我想我知道应该怎么做了，为了美好的明天，我一定会成功！

第二天，我向所有人宣布，我要变漂亮，变成真正的蝴蝶！树林里足足沉寂了三秒钟，随之传来一阵大笑，"就你？一只丑虫子？别做梦了，笑死我了。"他们都在大声地嘲笑我，我低下了头。"好了，再见吧！我的蝴蝶小姐！我们先走了。""真是太好笑了，哈哈！"所有人一哄而散，而我依旧坚持着自己的目标，只要努力，我一定行！

在我用尽全部精力把我自己包裹在茧中时，我完成了考验的第一步。朦胧中，我感到自己的身体正在发生着改变，我睁开眼，透过茧我看到一丝光亮——是夕阳！我必须出去，否则等待我的只能是死亡，我艰难地用头撞茧，一点、一点，马上了，快了，就在我冲出茧的那一刻，太阳下山了。

完了，我内心绝望了，没有光的热量，我的翅膀根本飞不起来，难道我只能等待死神的降临吗？我不要！我用尽最后一点力气抓住一片树叶，只要坚持到太阳升起，我就成功了！

但黑夜是漫长的！在恐惧与无力共同笼罩下的我，仿佛是一根芦苇，不知何时的一阵风吹来，我就会掉入死亡的深渊！我的爪子一点点脱落，马上就要抓不住了，身下，黑暗中仿佛滋生无数只邪恶的藤蔓，慢慢地缠绕上我，我绝望地闭上了双眼，那只美丽的蝴蝶是否也受过这么多挫折？她是否这样坚持才获得的成功？为了漂亮，她可以，我也可以！想到这里，我睁大眼睛抓紧了树叶！

时间一分分过去了，黎明的曙光终于出现在地平线上，金色的阳光照在我美丽的翅膀上，我成功了……此刻，我尽情飞翔在花间！

面对身边所有人的赞叹声，笑容就在这一刻呈现在我脸上并荡漾开来！昔日的我，丑陋、恶心，可我还有理想和希望，为了心中的理想，我做到了。

为了我们的明天，为了我们的梦想，努力吧，希望就在前方，明天将更加美好！

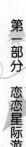

第一部分 恋恋星际游

太空之旅

迟珺

大家好！我是来自香蕉星球的宇航员。

今天"香蕉"号飞船即将起飞。我这次的任务是对"苹果"星球进行友好访问。我穿好了宇航服进入"香蕉"号准备起飞。此时，我十分激动。只听见指挥长在喊："一、二、三，点火！"我的飞船开始一点一点颤动，经过几秒钟的点火，我的飞船成功发射向了浩瀚的太空……

哇，简直太不可思议了，在太空中有几条绵延起伏的隧道，在隧道外都是移动的流星，我看着窗外的景色心里美滋滋的。突然，我的飞船产生了巨大的震动。我吓了一跳，看见一个太空警察正拿着一个红色的牌子警示我。因为不够专心驾驶，太空警察扣了我飞船上的一吨油，这可把我气坏了。于是我决定专心驾驶。可没想到，中途油箱里的油耗尽了。哎，真倒霉，没办法，我只好用手动装置驾驶飞船去寻找加油站。往远处看，我发现了一个黄色的大牌子，上面写着——免费加油，我迫不及待地往加油站飞去。

到了加油站一看，天哪，飞船多得一眼看不到边，办理加油手续的服务台跟马蜂窝似的有好多好多，熙熙攘攘的人群络绎不绝。我一时呆住了，不一会儿我才醒过神儿来。啊呀，我还有好多任务呢！于是，我停好飞船，拼命地往人群里挤去。好多的人啊！过了十多个小时后，才轮上我，售油员对我说："请问您需要几吨油？"我马上说："给我加十吨吧。"加完油没过几分钟，我看见远处有一个又红又大的球体，我想应该是到"苹果"星球了。于是，我加足了马力，向那里驶去，隔着玻璃窗我看见"苹果"星球的居民都站在空地上欢迎我的到来。我慢慢地降落飞船，开启了舱门，一出舱，我先跟"苹果"星球上的居民挥了挥手，居民都用奇怪的目光看着我，大概是没见过我这个从别的星球上来的人吧。我走向人群，球长和我握了握手，并拥抱了一下，表示我们两个星球的人民会更加友好。球长特意为我这个"外星人"订了一套他们星球最大的宾馆房间。我叫人从飞船里拿出了从地球上带来的食物和衣服，把它们送给了球长，球长十分激动，从他们的食物库里拿了最上等的苹果和用苹果做的食物招待我。

第二天，我对"苹果"星球正式进行友好访问。我参观的第一个地点就是学校，刚进入校门，首先给我一种心情舒畅的感觉。学校的环境整洁，在操场上能听到同学们琅琅的读书声。铃铃……下课了，同学们排着整齐的队伍上下楼，秩序好得让人惊叹。

我和球长又参观了工厂，经过训练的兔子在工作。它们正在生产一种叫"太空比萨"的太空食品，只要把它放到宇宙飞船的烤箱里烤一下就可以吃了，工厂的声音很小，而且也没有排放污水，也没有大气污染……

我的访问任务完成了，也该回到香蕉星球了，我热情地向来欢送我的"苹果"星球的居民挥了挥手。

还不快起床，大懒虫。妈妈的喊声把我惊醒，原来我做了一个太空之旅的梦。

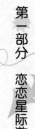

027

未来的书

关 悦

现在的书真是无奇不有，千奇百怪，有报刊类的，有童话类的，有小说类的，还有电子书呢！可我想要一种更好更有趣的书。

首先，书的外观要新颖，吸人眼球，设计的不要太复杂，最好是超薄的，就像一张卡片。按键只有"返回"和"确定"。

它不仅外观漂亮，而且内容也很丰富。无论你要查找什么书，只要看一下目录，说出页数和标题，它就会自动地把屏幕变成你想要看的书的内容。而且不用手动上下翻页，如果有什么字看不清，就一直点那个字，把那个字变得大一些，就会看得很清楚了。要是不想看了，按返回键就会回到目录。

现在说说功能。它不仅是书，而且还是一部手机。要是打电话，就说出号码，然后按确认键。要是发短信，就说出短信内容和接收号码按确认键。不但可以通话，而且还能视频通话呢……它还是一台掌上游戏机，想玩什么就玩什么，通过以上功能，它可以辨别出你的声音是成年人还是未成年人的，然后给你适合你的游戏让你玩。

它还是一部词典，汇集了汉英词典、牛津词典，还有汉语字典、成语词典等。想查什么单词就查什么单词，想查什么字就查什么字。这些内容，远远超过了一般书的内容，内存量要大得多。它还可以帮助你课前预习，课后复习，帮助你快速记忆英语单词，老师讲的内容它里面都有，而且还是语音讲解呢！

真是一本十全十美的书！

我相信，只要我们好好学习，将来，一定会出现这本超乎想象的书！

028

未来的鞋

沈赵阳宇

　　未来的世界是多么的奇妙啊！看！未来的科技提高了，人们用的也都是高科技，现在就拿鞋来说吧！

　　未来的鞋是特别的，神奇的，它的样子看起来与我们现在的鞋一模一样，但是如果你仔细瞧瞧就会发现未来的鞋有多奇妙。在鞋底按一下按钮，鞋子便立刻"长"出一对翅膀飞出家门，以光的速度飞行，眨眼间你已经到了学校大门口，然后说一声"停"，鞋马上就会"冒"出一对弹簧板来，你轻轻一跃便"飞"到了教室门口，这样你就不用担心上课迟到了。

　　未来的鞋随着季节的变化而变化。当夏天到来的时候，鞋子就会自动变得凉快起来，这样脚就会感到舒爽无比。当冬天到来的时候，鞋子就会自动变得温暖起来，这样脚就不会被冻僵了。看！这鞋多体贴人呀！

　　未来的鞋能够在紧急的时候帮我们逃脱危险。如果在过红绿灯遇到危险时，这时未来的鞋便会"呼"的一下子跃过马路。这样，多少人就会避免了一场难以想象的事故呀！

　　未来的鞋还可以穿梭时空隧道，可以让老人再一次回到美好的童年时代，让科学家回到恐龙时代，进一步去研究恐龙，了解恐龙，也可以去那浩瀚无垠的太空探索……

　　看！这就是我设计的未来的鞋，你们说它神奇不神奇！

029

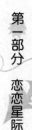

第一部分　恋恋星际游

小蒲公英

杨　颖

我是一朵小蒲公英。我长大了，妈妈送我一把小伞，说道："孩子，去飞吧。""可是我不会飞呀！""不会飞你可以去学呀！"于是我开始四处寻找学飞的方法。

我来到花园里，看见蝴蝶在空中自由飞舞，我说道："蝴蝶姐姐，你能教我学飞吗？"蝴蝶说："你有翅膀吗？""我没有呀！""那我就无能为力了。"我只好离开了花园。

走在小路上，忽然看见天空中翱翔的雄鹰。我喊了一声："雄鹰叔叔，你能教我学飞吗？"雄鹰落下来看了看我，说："我不能教你学飞，但是，我可以带你去一个地方。"于是我爬上了他的背。不一会儿就到了。我一看原来是植物学校。我走了进去，蜜蜂老师可聪明了！他让浑身带刺的苍耳粘在动物的皮毛上做免费旅行，让豆荚妈妈在太阳下暴晒，让小豆荚们可以蹦跳着离开妈妈。轮到我了，蜜蜂老师告诉我，我的小伞只要被风轻轻一吹，就可以带我飞起来。原来是这么回事！

我站在悬崖边上等着风婆婆。风婆婆来了，我带着满心的欢喜来到了一片肥沃的土地。明年，这里将会有一棵新的蒲公英……

十二生肖中为什么没有鸭子

朱　辉

十二生肖中为什么没有鸭子呢？原来有个有趣的故事呢，让我讲给你听听吧。

在很久很久以前，也就是人类还没有生肖以前，有个大户人家养了鼠、牛、兔、龙……鸭等十三种动物。一天夜里玉皇大帝托梦给他说："你家养的十三种动物都是极具灵性的，他们代表着吉祥如意。我要把他们封为人间的生肖，现在命你明天把它们送到洞庭湖来。"说完就不见了。

那大户人家主人大梦一醒，不敢怠慢，连忙把那些动物装上车，登过七七四十九座山，蹚过八八六十四条河，拐过九九八十一道弯，终于赶在第二天日出之前，把它们送到了洞庭湖，就匆匆离开。可他刚回到家里，就听到"嘎嘎……嘎，嘎嘎……嘎"的鸭叫声，这又是怎么一回事呢？原来鸭子爱睡懒觉，主人把其他动物装上车的时候，它还在草堆里睡觉，匆忙之中主人把它给丢在了家里。这可怎么办？主人见到鸭子一时慌了神儿，急得团团转，不知如何是好。

031

再说玉皇大帝召见十三种动物的时候，发现少了鸭子，就派水神，把鸭子接了过去。玉皇大帝让鸭子经过三项考试，第一项是钻山洞，第二项是跳高，第三项是跑步。哪晓得这只鸭子竟然一点儿也不争气，拿了三个零分，结果被赶了回来。

鸭子不但没有被封为生肖，还落得个考鸭蛋的坏名声。主人又气又急，就把鸭子宰了，煮着吃了。

小小的天堂

李林艺

轻纱的窗帘，悄然为你打开，顽皮的雪花儿要牵你的视线，走出那局限的小屋，带你逛逛它们的小天堂。

我的眼里，已不再一片昏暗，似乎被它们的世界照亮了。

银白的精灵满天飞舞，它们是多么淘气啊！划过你的脸庞；舔你的额头；摸你的刘海儿；扫你的睫毛，却只留下一丝甜蜜的微笑。精灵荡着秋千，要把它接住，它就在你的手上笑啊、跳啊，小小的脸蛋，银丝的棉衣，保暖的、带尖的帽子，系着银铃的短靴，都会被细心的你发现。精灵们爱打滚儿，它们会跑到地上来，手拉手，滚呀、滚呀，全身沾上白白的粉末，这下，它们更白啦！它们嘻嘻地笑着，结成一首优美、动听的歌谣，叫作"雪之歌"，它们就唱着这"雪之歌"划上天去，盘旋、舞蹈，一扭身子，身上的白沫掉下来，洒到百年的松树上，哎哟！松树换了件新衣裳，不知道他喜不喜欢呢？

风儿挠你的脖子，问你喜欢小精灵吗？说喜欢，它说，这些小精灵都归你啦，它便递给你个魔棒，吹着口哨，跑到别处玩儿去了。小草看到了，说："请给我一件新衣服吧！"魔棒一点，它立刻披上一身白毛衣，亮晶晶、白花花，像无数钻石，在它身边闪烁光芒。房子们争先恐后地想要一个白夹克，魔棒一点，它们都穿上啦……

魔力用完了，精灵们停止了飞舞，飘落到地上，软绵绵的，整整齐齐的，是在谢幕？麻雀们欢悦起来，跑到小精灵身上，呀，太凉了，又一溜烟儿似的飞到大树身上，它们落到的地方明显有个小坑。麻雀们待不住啊，刚落到树上，又飞开了，枝上的精灵"哗啦"一大片，落到了同伴的队伍里，它们好高兴，因为，又听到了清脆的"雪之歌"。

太阳出来了，照耀在满地的精灵上，格外耀眼。窗户轻轻关上，回到屋里，满脑是清新、活泼的雪精灵。

小燕子的家

焦　慧

当森林的树叶开始飘落的时候，可爱的小燕子们就离开了它们住了整整一个夏天的家，离开了清澈见底的小河，离开了它们最要好的朋友小鱼儿，依依不舍地飞向遥远的南方去了。

冬天过去了，温暖的春天来临了，远方的燕子们又回家来了……

小燕子一边飞一边愉快地想着，想那绿油油的菜地里飞来飞去的蝴蝶姐妹，想那草丛里蹦来蹦去的蚂蚱兄弟，特别是想自己的好朋友——在那清澈见底的小河里游来游去的小鱼儿……

"咳、咳咳……"突然小燕子的耳边传来一阵咳嗽声，小燕子从想象中醒来，仔细一看，立即就被眼前的景象惊呆了……"这是我的家吗？"茂密的森林不在了，取而代之的是稀稀落落的几棵又黄又矮的灌木和几株又杂又乱的野草，本来清澈见底的小河里漂浮着许多垃圾，不远处还有一座大烟囱在不停地吐出一团团的浓烟，原本湛蓝的天空变得又混又浊，空气中还弥漫着一股刺鼻的味道，连太阳公公也给呛得锁紧了眉头。

小燕子赶忙飞到小河上面喊道："小鱼儿，你在哪里？"

小鱼儿听到小燕子的声音，浮到水面上伸出脑袋来，有气无力地说："小燕子，快走吧，这儿待不下去了！"

"为什么？"小燕子急切地追问道。

小鱼儿无奈地摇了摇头说："唉，这些天人类在这里建起了工厂，把环境污染得好厉害，我们已经快要活不下去了，正准备集体搬家呢！"

"天哪，这都是为什么？我们美丽的家呢？"小燕子气愤地大喊着。

"小燕子，小燕子，我们快走吧！"妈妈连声叫着小燕子。

燕子飞走了，小鱼儿也搬走了，小蝴蝶压根就没有来过，原本充满生机的这片土地现在变得死气沉沉……

转眼又是一年春天来了，小燕子还在想念原来那个美丽的家园，她忍不住又回到了那个让她思念的地方。"呀！"小燕子的眼前一亮，高兴地喊道："回来了，我们美丽的家园又回来了！"

森林恢复了茂密，小草恢复了新绿，小河重新清澈见底，空气重新变得清新，还有一股淡淡的花香呢，连她的好朋友小鱼儿也早已搬回来了。小鱼儿告诉她原来是环保局的叔叔阿姨们迁走了工厂，治理了环境，又重新植树造林，小动物们才又能够在这片土地上安居乐业了呢！

小燕子又重新找回了自己美丽的家园。

寻找蔷薇园的兔子

孙嘉祺

我是一只无忧无虑的兔子。我的家族世代生活在这片一望无际的大草原上。这里天高气爽，溪水永远那么清澈，青草永远那么碧绿，淡淡的野花点缀在草地上，美丽的蝴蝶翩翩起舞，耳畔能听到微风的低吟。

我们是高贵的家族，拥有雪白的绒毛，红宝石般的眼睛，聪灵的大耳朵，还有矫健的四肢，任何野兽都不敢侵袭我们。在我们的家族中，有一位元老兔，他的学问就像大海一样渊博，他的肚子里似乎总有讲不完的故事和传说。

那一天，他向我们讲述了一个蔷薇园的故事。蔷薇园在遥远的东方，太阳升起的地方。那里绽放着无数朵美丽的蔷薇花，它们花香四溢，颜色各异，竞相开放。清晨，晶莹的露珠凝聚在花瓣上，会折射出七彩的光芒。我被这美丽的故事深深吸引了，想要寻找梦中的蔷薇园，于是，不顾众人劝阻，踏上了充满荆棘的寻找之路。

寻找蔷薇园的路真坎坷啊！我跋山涉水，翻山越岭，与苍鹰盘旋，躲避饿狼的追击。秋天，我睡在枯死的大树下，冬天，我躲在倒塌的篱笆旁。就这样，四季更迭，不知走了多久，不知行了多远，太阳仍在远方高高地挂着，似乎永远也无法到达，而我，已经在无数坎坷的摧残下，变得不再美丽。"嘿，兔子，你要到哪里去？"无数人问过我这同一个问题。我把蔷薇园的传说告诉了他们，他们讥讽地说："嘿，老兄，那只不过是一个传说罢了，你怎么竟幼稚到要相信一个毫无根据的玩笑的地步？"然而，我没有放弃，家已经被我抛在远方，我必须要走完这条寻找的路。我相信，蔷薇园就在遥远的东方，在太阳升起的地方等着我，我相信，蔷薇园里的花在为我的到来而争奇斗艳，我相信，总有一天，我会找到蔷薇园。

时光交替，无数个日日夜夜就这样过去。终于，在那个仲夏的黄昏，我看到了，看到了那让我魂牵梦萦的蔷薇园！看到了梦的国度！蔷薇园真美啊，真大啊！我为眼前的景象惊呆了！夕阳映照下泛黄的天，色彩缤纷的蔷薇，可爱的蝴蝶，勤劳的蜜蜂……我悠闲地踱着步子，尽情享受着眼前的美景，放纵地呼吸着这充满花香的空气。这一路的坎坷、艰险、挫折，似乎在这一刻变得不值一提。是啊，尽管来路艰险，尽管不像从前一样美丽可爱，但我最终还是找到了这传说中的蔷薇园，欣赏到了别人欣赏不到的美景！

　　我被蔷薇园的美景深深陶醉了。轻轻躺下，梦中，我手握那朵名为"幸福"的蔷薇，笑靥如花……

眼药水历险记

卜俊博

唉！现在城里的孩子越来越不讲卫生，尤其是眼睛。十个人有九个是近视眼的，不过这样也好，这就该我们眼药水家族一展拳脚了！

今天，一个小男孩的爸爸把我带进了家里，他就成了我的主人。这两天我们俩几乎寸步不离，每过一个小时就该我上场了。小主人眼睛酸了，我就会用自己珍贵的"血"去滋润他的眼睛，他也对我越来越喜爱了。我感觉我是这个世界上那个最幸福的眼药水了。不过，这可惹恼了小主人家里的三条狗，以前每天主人放学都会去看他心爱的小狗，现在每天主人放学都会先来看看我，然后再去看小狗。这样我就有了生命的危险，那三条狗怒视着我，似乎是恨我夺走了小主人的关心，所以，我每天都是小心翼翼的，可千万不能被它们发现，被发现就会玩个没完，直到小主人发现才会停下来。唉，惹不起的主儿呀！

可是，幸福的日子不长。小主人马上上初中了，几天来小主人的功课也越来越多，上课的时候也越来越忙，上完这门课程就复习那门课程，连下课的时间都没有，要学习呀。那是最紧张的了。我上场的次数也就增多了，连一点的休息时间都没有，眼看我的"血"就要没了，作用也跟着没了，到那时小主人就要把我扔掉。

一天下午，小主人要去补课，我照常给他点了眼睛，可他在匆忙之下居然把我忘在了家里的茶几上。尽管我千呼万唤，可他却头也不回地走了。唉！我明白，他累呀！但是，接下来的情况告诉我，我应该担心自己的处境了……

那三只狗在窝里耐不住寂寞，在屋子里乱窜，每当它们跑到茶几边，我都感觉自己的心里有只小兔子在跳。整个下午我都是提心吊胆的。它们终于疯够了，开始在窝里休息。我心想："啊！终于'虎'口脱险了！"我

037

第一部分 恋恋星际游

琢磨着小主人也该回来了吧！就在这时，狗狗似乎想起了我，竖起了尾巴，朝我走了过来。我的心跳越来越快，它们用湿漉漉的鼻子嗅了嗅我，猛地一下，把两只前爪放在茶几上，仔仔细细地"检查"我。情况越来越糟，它们甚至用爪子来挖我，似乎要把我弄下去。我急忙对它们说："不是吧？小狗也要用眼药水吗？有没有搞错啊！我只负责给小主人滴眼药水啊……"我的话还没有说完呢，就一个趔趄被掀翻在地。狗狗们的眼睛里充满着杀气，龇着牙，步步紧逼。就在这时，小主人那熟悉的开门声响起，我终于舒了口气——啊！小主人回来了！可是，狗狗突然用锋利而尖锐的牙齿狠狠地把我叼走了，坐在窝里，故意装成很乖的样子。小主人摸摸它们的头，一看我不见了便马上着急起来，我想喊可又喊不出来，因为其中的一个狗狗用肚子压着我，但我仍不放弃："小主人！我在这里……"小主人似乎也觉察到了，大步向窝边走来，他一下子抱起"大怪物"，啊！我终于又能呼吸到新鲜的空气了，但是我却被折磨得遍体鳞伤，我伤心极了。小主人心疼地看着我，爱怜地说："我可怜的眼药水啊！"说罢，便给我洗了个澡。嗯！还可以将就用。

唉！这年头，做好一瓶眼药水都这么难啊！

银河之旅

张宇里

很久以后……

在经过最后一次体能检查后，我穿上了橙红色的新式太空衣。嘿！这个可轻便多了。我深吸一口气，看了看表——8：30，这时我的表响了起来，从里面传出声音："102号宇航员注意：这次起飞定在上午9：00。完毕！"

我坐在驾驶座上，努力让自己的心情平静下来。随着"轰隆隆"一声巨响。我们的"战虎"号飞船直冲云霄，在人们一片唏嘘声中，飞船越升越高，穿过了大气层，我们慢慢浮了起来。从窗口向外望，地球正和我们的距离越来越远。突然听一人大喊："看！"我们顺他手指的地方看去，几块陨石燃烧着从我们身旁掠过，越飞越远……我的心也随着它愈飘愈远。我忍不住向队长喊："请求出舱！"队长答应了。我便系上保险带，出舱。忽然，就像有人一下子把舞台上的幕布拉开了一样，令人目瞪口呆的景象就这样毫无防备地出现在我面前——那令人向往的银河啊！在地球上，仰望天空，那浩瀚的太空，无垠的浓浓夜色和点点钻石般的繁星曾引起我多少遐想。俯视地球，我看不到任何国界，感到地球就是一个整体。再回头看银河，那木星的大红斑，土星的光环，天王星奇特的运行轨道，海王星诡异的颜色都一一映入我眼帘。嘟！队长叫我返回了，我回到舱内，听到队长说："降落在土星！"

我们站在几个刚具雏形的移民地前，大家心里想："过不了多久，人们将会到这里来。因为地球是人类的摇篮，但人们总不能一直生活在摇篮里，我们要去征服大气层，征服太阳系，最后征服宇宙，这，就是我们雄心勃勃的地球人！"

寻找蔷薇园的兔子

　　飞船飞过黑洞时，舱内气温一下升高，队长大惊失色，急忙拿起联络器求救，但为时已晚，我们都昏了过去，飞船栽入了黑洞……

　　漩涡慢慢打开，又慢慢合拢……

　　铃铃铃！睁眼，头顶闹钟响了。太阳已升得老高，我揉了揉眼，才明白，这是一场梦。

宇宙法庭

李成玉

随着"砰"的一声锤响，公元4072年，宇宙法庭开庭了。

法官宣读原告、被告。"原告：江河瀑布、植物、蓝鲸、云豹、东北虎等大自然成员。被告：人类。"宣读完毕。"自然界成员们，你们为什么起诉人类？"法官问。江河哭着说："我，我们本来过着无忧无虑的生活，可是，自从人类降临了，我们不再无忧无虑，人类在我们身上建起了水电站，使我们水量大减，一些工厂将污水排入我们的身体里，让我们变得又臭又脏。我们的赛特凯达斯瀑布哥哥，曾经是世界上流量最大的瀑布，可就是因为人类，赛特凯达斯瀑布哥哥现在已经奄奄一息了，所以我们要起诉人类。"蓝鲸悲伤地说："我们本来在冰冷的水域自由生活，从来也不干扰人类，更没有危害人类，可是在20世纪60年代，我们的同胞有三十六万头被人类捕杀，我们蓝鲸的数量减少了99%，我们即将灭绝了，我们不明白，为什么人类要残忍地捕杀我们？所以我们要将人类告上法庭，让人类为他们自己所做的行为付出代价。"说完，可怜的蓝鲸再次哭了。虚弱的树木走了过来，说："哎，人类太坏了，他们将我们的亲人都砍了，做成一次性筷子，做成家具，根本不在乎我们的生死，而我们又怎么做的呢？当洪水涌来时，我们用树根深深抓住泥土，避免了水土流失的现象，我还吸收二氧化碳，释放出氧气，可他们却这样对待我们，现在，我们的兄弟姐妹濒临灭绝，这罪魁祸首就是人类，我憎恨人类，人类太自私了，我们要控告人类。"云豹伤心地说："我们生活在美丽的森林里，我们从来不去人类居住的地方骚扰和伤害人类，可人类因为我们有光滑的皮毛而猎捕我们，并将我们的皮毛进行交易，而且人类闯入我们的栖息地，使我们没有地方生活，我们的同胞已不到1万只了。我要让人类付出代价。"东北虎们泣不成声地说："我们本是动物之王，生活在美丽的山林，可是人类贪恋我们的皮毛，将我们大量捕

杀，如今，我们东北虎在全世界也仅存三十只，这一切的源头就是人类，所以我们起诉人类。"东北虎的话音刚落，其他动物也纷纷诉说。法官说："我想，现在我也不用调查了，一切都是人类的错，你们承认吗，人类？"人类低下了头。法官宣判：由于人类侵害动、植物、江河瀑布，判决如下：没收人类全部财产，终生为自然服务。

从此，人类永远为自然服务，自然为人类提供资源，相信人与自然的明天会更好。

做了个梦

遥海盈

晚上我做完作业，顺手拿起一本《科学幻想》靠在床边看，不知不觉进入了梦乡。

我看到电影《变形金刚》中的大黄蜂来到我的面前，那么鲜艳夺目的黄色外衣，可爱的车型——大众甲壳虫，方形尾灯，后翼子板大幅抛起的腰线，低矮的车顶，让我非常激动。他亲切地对我说："小朋友，你的爸爸、妈妈上班去了，让我来陪你吧！"我穿好衣服、吃过早餐，就坐上这辆无敌"雪佛莱"战车出发了。

我们来到大街上，只见一座座摩天大楼拔地而起，路上没有一点灰尘，非常热闹，路旁的垃圾箱会将垃圾自动分类，而且还能把有害物质直接处理掉。好多人乘坐着飞行器在空中飞行，它的形状像一个透明的玻璃盒子，小巧玲珑，别看它这么小，却可以装载五十个人，速度非常快，它没有轮子，只靠喷气作用，在离地面不到两米的高度飞行，它用的原料是二氧化碳，然后排出氧气。这种汽车不会污染环境，不会堵塞交通，方便快捷；每辆车上都装有雷达导航仪，所以交通事故也没有了。这样的汽车多好啊！

接着我们来到一座高楼前，大黄蜂变形成机器人，用它的手臂将我送上十几层高的一个超市里，我坐在椅子上，墙壁上显示出今天可出售的商品目录，我用手一点，就听到一个声音说："请选择您要购买的商品"，我点了一个汉堡，几秒钟后，墙壁中伸出一只手，上面有个托盘，里面放着新鲜出炉的汉堡，我拿下它后，墙壁又恢复到平面的形状，提示我刷卡或由妈妈付款，真是太方便了。

随后大黄蜂带我来到了图书馆，只要带上一个"电子帽"，轻轻闭上眼睛，心里想看什么书，就有什么书从脑海中滑过，在这里还可以看电影、玩

043

游戏，当然这些都不会让我觉得太累。

　　"起床了，盈盈，该上学了！"我睁开眼睛一看，已经是早上了。原来我梦游到未来世界去了。我想，只要我们认真学好科学知识，现代化的明天很快就会到来。

第二部分

漫漫淘天下

　　我又听见了那声喊叫，只有天空才能真正地拥有它，它喜欢在风中飞翔，那是多么的自由舒心啊！在天空飞翔，好像比它们的生命还要重要，风就像它的母亲一样呵护它，照顾它。

——雷雅《风中的蝴蝶》

冬天的美

姜华禹

　　我喜欢冬天，我喜欢冬天的雪花，也喜欢冬天的寒风，只要是冬天里美好的事物，我都喜欢。虽然春天很美丽，夏天很晴朗，秋天很清爽，但我还是喜欢冬天的纯洁、典雅，充满欢乐。

　　冬天最引人注目的就是那洁白晶亮的雪花了，它们在空中翩翩起舞，一会儿给汽车涂上洁白的颜料；一会儿飞到房顶上，铺上洁白整齐的砖；一会儿又飞到树枝上，给大树织一件外套。最后落在大地的怀抱里，给大地换上了洁白的衬衣，显得银装素裹、分外妖娆。雪花随风飞舞，在空中谱写了一首完美而又和谐的乐曲，它们一会儿飞得高，一会儿飞得低，一会儿跳恰恰舞，一会儿跳华尔兹。跳得是那样有韵律，是那样的自然。当它们跳完这一曲之后，就安静地躺在地上，迎着耀眼的阳光，犹如一颗颗晶莹剔透的钻石，闪烁着光芒。

　　雪，也给人们带来了欢乐。滑雪就是一项非常有趣、属于勇敢者的运动，也是我最喜欢的。只有勇敢的人才有勇气去挑战，别看着那么简单，真上去可就不一样了！很多人没等滑到一半就摔倒了，雪板飞出去好几米远！但一点也不疼，哈哈一笑就又站了起来，摔几次就摔出了勇气。熟能生巧，练了几次就入了门儿，在雪地里自由自在地滑，左拐一下，右拐一下，成了一个真正的雪中舞者了。我最喜欢最后停下那一段。如果弄不好就会摔倒，滑好了很爽，雪板往右侧一横，瞬时间，溅起无数片雪花，然后用雪板滑一个半圆，完美结束了演出。滑雪就是有无限的乐趣，只有勇敢的人才能真正体会到那份无与伦比的欢乐。

　　我爱冬天，它充满着快乐，也充满着对寒冷的挑战，更充满着纯洁典雅的诗情画意，雪也赋予它必不可少的美丽，我喜欢冬天。

风中的蝴蝶

雷雅婷

　　微风吹着一片黄叶，打着卷，在空中飘浮，似乎在痛苦地挣扎，渴望飞到天空最高处去，但是没有用，它仍然是风的仆人。

　　一阵清风把它吹到我面前，我一把抓住它，奇怪，落叶怎么是柔软的？不像是一片枯萎的叶子，仔细一看，竟然是一只折翅的蝴蝶！俨然要失去了生命，失去了自由。它不能在美丽的花丛中飞舞，也不能再见到自己的伙伴，多可怜呀！我要把它带回去，带它到温暖的地方，保留它的美丽，让它无忧无虑，让它睁开眼睛欣赏着这个大自然。

　　突然，它从我的掌心中飞走了，在我眼前游荡了一会儿，渐渐地它随着风时而高，时而低，时而近，时而远，飘飘荡荡的，消逝在蔚蓝色的天空中，我似乎听到了它的呐喊：只要天空还在，生命就不会抛弃自己。噢，我明白了，明白了它为什么不愿意让我带走它，明白了它为什么和风来回做着游戏，天蔚蓝蔚蓝，它不是风的仆人，而是在驾驭风，向神奇的理想乐园飞奔而去。

　　我又听见了那声喊叫，只有天空才能真正地拥有它，它喜欢在风中飞翔，那是多么的自由舒心啊！在天空飞翔，好像比它们的生命还要重要，风就像它的母亲一样呵护它，照顾它。

　　我仿佛又听见了那个声音：只要天空还在，生命就不会抛弃自己。

河滨公园一游

苏晓敏

诗人总把最美的诗篇献给春天，画家总用最艳丽的色彩描绘春天。春天，是迷人的，是绚丽的。在这风和日丽的春天里，我饱览了河滨公园的美丽景色。

一块块鹅卵石铺成的石头小路的左右两边，是一块块翠绿欲滴的草坪。这是小草们用自己星星点点的绿色，依靠着集体的力量，织成的绿毯，上面还点缀着几朵不知名的小花。

草坪上，有几块形态各异的石头，坐在上面，谈天说地，悠闲自在。一阵阵微风轻轻地吹拂着，更使人感到心旷神怡。这时的小草，像在向你招手，向你点头。

在河滨公园里，最引人注目的要数那一排诗廊了。瞧，不管是老人、小孩还是青年人，来到了这儿，都会津津有味地欣赏这些富有诗情画意的古诗，像在与大名鼎鼎的诗人李白、杜甫一起高谈阔论似的。

当你来到了喷水池。低头俯视，喷水池里的水清澈见底，映照着一切。夜晚，这里的景色更美了，雁塔的周围装饰着五颜六色的彩灯，那饱经风霜、长满青苔的雁塔，挂上一条条的"金项链"，像披上了银装似的。喷泉里的水柱，时起时伏，水花四溅，水珠飘飘洒洒地落在人们身上。细细的、密密的，细如针尖，轻似牛毛，如烟似雾……

啊，美丽的河滨公园，你的美景让许许多多的游人流连忘返。

街 灯 赞

温 静

暮色低垂，街灯齐放。一眼望去，那熠熠生辉的街灯好似串串璀璨的夜明珠，叫人好不心旷神怡。

一盏盏路灯手牵手，肩并肩，将点点星光排列起来，伸向远方。犹如早春花园里朵朵初绽的蓓蕾，在争奇斗艳。

深夜，人们酣然入睡，可街灯呢，仍坚守岗位，迸发着白天积聚的全部力量。即使在狂风暴雨中，在风霜来临时，它们依然不屈不挠地傲然挺立。它们毫无怨言，而又充满自信，因为它们照亮了城市，使灯下的行人、车辆顺利前行。

每当我眺望城市的夜景时，总会久久地凝望近处和远处的街灯，心潮起伏，浮想联翩，肃然起敬。我不禁为它们的品质所感动：美丽的霓虹灯在向人们炫耀，对此街灯不屑一顾；台灯与壁灯住进高楼居室，街灯也不羡慕；月亮、星星钻进云层，街灯也不寂寞，别人的讥笑，街灯也从不往心里去。正因为这样，黑暗败在它的面前，被它摧毁；光明在它脚下重现，放射光亮。晨曦初露后，它熄灭了光芒，从它脚下走过的行人早已把它忘却，但它仍然默默地积蓄力量，等待着又一个晚上的迸发。

不知不觉，我陶醉在灯光下。它既无太阳光的炎热，又无星光般的冷清。我闭上眼睛，仿佛觉得自己也被加入了街灯的行列中……

第二部分　漫漫淘天下

今冬第一场雪

孙亦男

　　早上，妈妈叫我起床时告诉我，外面下雪了。我拉开窗帘一看，漫天飞舞的小雪花、银装素裹的大树、铺着银白色地毯的马路……许多东西都变成了银色或银白色。

　　在上学的路上，身着色彩鲜艳服装的孩子和童心未泯的大人们在广场上嬉戏玩耍。宛若五彩缤纷的花朵在银色背景的衬托下争奇斗艳，叫人眼花缭乱。

　　下了大雪，路面变得像镜面一样光滑，车子就像蜗牛一般慢慢地挪动。行人的衣服也随着天气的变冷而增多，走起路来像摇摇摆摆的小企鹅，如果你不留意，就会滑倒。我走在雪地里，回头望去，那串串脚印就是我上学的足迹。

　　冬天，给人一种宁静、美丽的感觉。冬天的乐园里有：男男女女、老老少少，赏冰灯、观雪雕。冬泳冬钓，滑冰滑雪，成了"冬天里的春天"！冬天，是宁静的美、肃穆的美，这场大雪，圆了我们的冰雪梦。

　　这就是我眼中的冬天，长春的冬天！长春的冬天是无与伦比的，我爱它——长春的冬！

快乐的一天

徐彬堙

十月金秋，天高气爽，爸爸带着我们全家去龙潭山公园观赏秋天的美景。我高兴极了！

全家人乘车来到了龙潭山脚下。一座巍峨的高山映入眼帘，哇！好高的山啊，许多参天大树直入云霄。我们慢慢地往山上走时，看到树叶有的已经变黄了，被风一吹，像蝴蝶一样飞落在脚下。枫树的叶子都变成了红色，红的像点燃的火炬一样，非常漂亮。路边的小草也开始枯黄了，和树上落下黄色、红色的叶子混合在一起，像一张五颜六色的大地毯，软绵绵的，让人忍不住想上去翻个跟头。只有松树还是那么绿，在秋风里傲然挺立。

走在半山腰，看到一座庙，门前有很多菊花竞相开放，有白色的、黄色的、紫色的，它们交织在一起，好似群芳争艳，好看极了。

我们继续往山上爬，忽然看见一只小松鼠在树上跳来跳去，正在采集松子，好像是在准备过冬的粮食，看到眼前的景色，真的是秋姑娘来到了我们的身边。

登上了龙潭山的最高峰——南天门。山上的山里红树叶被风一吹，轻轻摇动，好像是在欢迎我们。往山下一望，看到了松花江像玉带一样围绕着吉林市流淌，江的两岸一栋栋新楼拔地而起，一座座大桥贯穿大江南北，一条条新的道路四通八达，各种车辆在路上畅通无阻。啊！我们的家乡真美呀！

我们一路观景，一路欢声笑语，我高兴地唱着跳着，不知不觉就到了下午，我只能恋恋不舍地离开了秋景迷人的龙潭山公园。这一天我真的很高兴！

051

美丽富饶的水乡——吉林

刘坤鹏

　　要说起我的家乡，虽然没有"东方之珠"香港那样璀璨耀眼，也没有首都北京那样发达繁华，可也算得上是一个充满诗情画意的城市。我的家乡虽没有大连那样广阔的大海，但也是一个依山傍水的美丽城市。

　　我从小就生活在这片土地上，所以对家乡的每一寸土地、每一朵花、每一棵嫩芽都充满无比的眷恋。我的家乡也是个有风景名胜的宝地。有神秘幽静的长白山天池，有碧水环绕的松花湖，有书香四溢的吉林孔庙，也有四季常青的龙潭山。即使是这些名胜风景，也不及我对松花江的热爱。人们常说："水是生命的源泉。"而清澈甘甜的松花江水哺育了我们一代又一代的吉林人民。我的家就坐落在美丽的松花江畔，每天听见婀娜多姿的松花江水潺潺流过的声音，心情是多么舒畅！每天呼吸着松花江上新鲜的空气，心情是多么欢悦啊！松花江水一年四季有如苍劲挺拔的松树那样顽强的生命力，四季常青。

　　每当春天来临的时候，松花江水透明清澈。隐约看见石间嬉戏的鱼儿。两只顽皮的螃蟹在"摩拳擦掌"。这时，鸭子家族也该下水了，只见后面一位老爷爷在叫着怪调赶鸭群。春姑娘也给松花江的两岸带来了蓬勃的生机。小草刚刚从泥土里探出头来，愈来愈紧密，新绿在泥土里迸出的一瞬间，我也感到了处处充满活力。柳树刚发出嫩芽，小鸟站在枝头上唱歌。野花在绿草的催促下，也渐渐抬起害羞的脸。

　　夏季降临，松花江的水变得碧绿。松花江绿得明净，绿得迷人，几朵娇艳的荷花盛开了。几只蝴蝶在花丛中飞来飞去，嬉闹不停，真是"留连戏蝶时时舞"啊！可怜的知了浑身发红，不停地叫："热死了，热死了！"水里的鱼儿也跳来跳去。在这幽幽的夏季里，松花江两岸的树更绿了，更葱茏了，小草也有寸把长。每当清晨的时候，当第一缕夏日的风吹进花草丛中，花草顿时随风摇曳，翩翩起舞，空气里充满了浓郁的花香，让人多么惬意啊！人们早早起来到松花江畔散步，伴着夏风舞剑、扭秧歌，还有人在江边垂钓。中午，几位爷爷在树阴下摆棋局、喝凉茶，就连小狗也被这夏天给迷住了呢。

仿佛听到秋天的音韵了。啊，原来是秋姐姐又带礼物来了。瞧，松花江的水变得五彩斑斓，就连天上的云也变得五颜六色。在下过一场秋雨后，天空挂上了一座彩虹桥，两岸的树变得火红，变得金黄。看，树上的果子也已经熟透了。人们连忙去摘这熟透了的野果，也品尝一下收获的喜悦。两片树叶飘到我的手中，我立刻闻到了秋的气息，好一幅秋韵啊！

冬天来临，大雪纷纷似鹅毛。周围又是一片白茫茫，树梢上、屋顶上也盖满了雪。松花江的水变得明净清洁。松花江水在缓缓流动，岸上松花树也被盖满霜花，这时，中国四大奇特景观之一的雾凇就要诞生了。你看，晶莹的雪沾在松树上，立刻就变成了一件工艺品，多么美妙。好一个粉妆玉砌的世界啊！

啊，我美丽的家乡，让我深情地对你说一声："我爱你，吉林！"

第二部分　漫漫淘天下

难忘的一天

石惠榕

暑假里，因为流感蔓延，我和妈妈这两个旅行爱好者也一直待在家里。立秋的前一天，三姑要带我们一家去长白山旅游，于是我们借着这个机会，与三姑一起去了长白山。就这样，我与长白山——这美丽神秘的旅游胜地不期而遇。

镶嵌在高山之巅的明珠——长白山天池

登上一千多个台阶，站在高过白云的山顶，俯视着长白山天池，真正陶醉在天池那一种淡淡的、迷人的韵味之中；真正为天池的高贵、险峻、凌霜傲骨的气势所震撼。注视着天池水面，你会看到，水面总像是被什么小东西一片一片地打到，泛起无数个小水圈，密密层层地盖在天池上，每一个波动，都能让人的心随之荡漾。水面静下来后，整个天池就如同一面镜子似的平滑，映着山，映着云，映着天，映着来观赏它的人们。再看天池四周，片片山峰拔地而起，全都是直立的，山是成片的，紧紧围绕着天池，天池就像是镶在山中的一颗明珠，那么耀眼，那么美丽。

天池，天上之水，饱受日月之精华，仿佛有了灵性。美丽的山，美丽的水，如同雕刻出的一件作品；如同描绘出的一幅画。

挑战极限的尝试——悬崖60度急转弯

长白山中，最美的就要数长白山天池了，最险的非大峡谷莫属，最有趣的是梯子河，最让我胆战心惊的，就是我们坐着大巴上山时，悬崖上的60度急转弯。

长白山真是要多险有多险，山上的公路都是呈现"弓"字状的，而且一直向上。我坐在大巴车最前面的位置，所有的路我都看得一清二楚，一个个急转弯总是能吓出我一身冷汗。司机总是在离悬崖边一米的地方才打急转弯，面对着一面是高上云顶的山，另一面是陡峭得看不见山下的悬崖，我的心几次都提到了嗓子眼。大巴的轮子是紧靠在崖边上向前行驶的，真让看见的人绷紧了神经，生怕司机会不小心抖一下方向盘，全车几十人都会摔下山去。驾车司机的技术也真是高得很，只见他们没有丝毫紧张的感觉，在悬崖上的60度转弯，他们从容不迫地踩着油门，动作轻松自如，实在叫我佩服。

这悬崖上的60度急转弯，真是让我集中了全部精力，绷紧了每根神经，真比什么鬼怪吓人的技术都更胜一筹。

长白山的骄傲——大峡谷

在长白山，最美不过天池，最险不过峡谷。

刚刚看过天池，就来到大峡谷，真感觉自己的眼界顿时开阔了好几倍。一天池，一峡谷，一个高到天上，一个沉到地底，两个明显的对比，也真让人感到一种强烈的心灵撼动。

进入大峡谷，踩着木板搭成的小路，脚下的木头和森林里的树木相互辉映，散发着浓浓的树木香味，树叶则散发着独有的清香，险些遮住了木头的香味。走了几分钟，大峡谷的面容便展露在我们的面前，大峡谷两边的山壁

第二部分　漫漫淘天下

直直地，与天池四周的山差不多，但却要比它深得多。峡谷底，座座山峰拔地而起，耸立着。听解说员说，有很多山峰都很有趣，而且有各自的名字。可我一个都没有看出来。只见到每座山峰都有各自的特点。其中有个山峰的最顶峰竟长着一棵树，那棵树是那么挺拔，笔直，茂盛，有趣极了。大峡谷，真的是有趣又险峻。真可以和天池相媲美。

渺小中的震撼——梯子河

我去长白山是从西坡上的，一路上的景观除了天池、大峡谷、王池，剩下的最小的景点就是梯子河。

在长白山所有景点中，梯子河要算是最渺小的了。它虽然小，但也有很多优点。梯子河藏在一处小山涧里。两面的石墙威严地耸立着，从两壁之中流淌出清澈溪水，一直流动着，看上去生机勃勃，我一直不了解为什么叫作梯子河。看着这涓涓细流，我不禁想到了之前看的天池，天池中即使有再多的水不也是用这涓涓细流日积月累而成的吗？这小小的水流也不能小看了呀！没有这涓涓细流，哪里会有天池那美丽的景色？我被这窄窄的流水震撼着。

虽然去长白山游玩只用了一天时间，可我看到的，感受到的，却让我永远都忘不了。在去长白山之前，我也去过长春很多著名的景点。可在看过长白山之后，它们的光彩也暗去了几分。长白山不愧闻名于世界，真让每个欣赏过它的人都喜欢上它。

我登上了长城

杨皓茹

长城，是中华民族精神的象征，是古代劳动人民勤劳智慧的结晶。长城从西到东，穿沙漠，过草地，越群山，绵延万里，像一条巨龙，蜿蜒起伏在中国大地上。

登上长城，是我向往已久的梦想，在今年暑假期间的8月6日这一天，我终于实现了我的梦想，在爸爸的帮助下我登上了雄伟壮观的金山岭长城。

金山岭长城位于河北省滦平县与北京密云县交界处，西接古北口，东连司马台，犹如一条昂首摆尾的苍龙，飞腾于绵延起伏的燕山之巅。

这天我起得很早，爸爸早已为我们爬山做了充分的准备，早晨大约七点，我同爸爸从金山岭长城摄影部出发，在向导的带领下，徒步穿越田野，来到长城脚下，开始爬长城。这里的长城经多年风雨侵蚀，早已残垣断壁了，爬起来非常困难，爸爸时不时地扶着我，在非常陡峭的地段，爸爸用背带把我捆在他的背上，背着我往上爬，爬了大约两个多小时后，在十点钟，我们终于登上气势磅礴的金山岭长城最高点，这里敌楼密集，建造精美的障墙、拦马墙、库房楼、小铺房等，向导说：这段长城有二十多公里。

站在长城之上，我非常兴奋，在这里我感受到了长城的美丽和壮观，耳边仿佛还能听到古战场的厮杀声。极目远眺，只见大朵大朵的白云从山谷间随风飘荡，远处的长城若隐若现，婀娜多姿，神秘莫测，就像仙境一样的美丽。

前来登长城的人很多很多，有青年人，还有老年人，他们手牵着手，看似疲惫，但脸上却都流露出登上长城的喜悦之情。

8月6日，是我成为英雄好汉的一天，我要永远铭记这个日子。

057

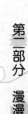

夕 阳 赞

高胜文

夕阳留给人们的光亮是瑰丽美妙的。

它像造诣精深的大画家，把七彩的颜色泼洒在傍晚的天空，你看它那多姿多彩的余晖，把它身边的云都染红了。一片片的晚霞和一座座的山丘倒映在金灿灿的海里，像开了一朵朵大红花一样。

太阳缓缓地沉了下去，顿时，天空好像披上了一层薄纱，再加微微海风，阵阵欢歌，真令人心旷神怡。向远处望去，山外有山，云外有云，云，金灿灿，红艳艳。此时，又是一番新景象了。

有人爱火红的朝阳，有人爱炽热的烈日，有人爱秋高的蓝天，但我爱那柔和的夕阳。它不吝啬，用最后的光线去打扮周围的世界，把美丽、温暖留给人间。它对人类如此慷慨、无私，多像辛勤的园丁，时时刻刻用汗水浇灌着满园的花朵；又像竭心尽力的教师，用他的全力继续耕耘在知识的土地上。

"夕阳无限好，只是近黄昏。"这是对夕阳的惋惜，但夕阳又是晚开的花，夕阳是成熟的果。

雪

葛优佳

冬姑娘匆匆接了秋婆婆的班，带着她给大自然的礼物，来到了人间。

冬雪是一位美丽的、高贵的公主，舞动着她那神奇的面纱，送来片片洁白的雪花。

你瞧！一片片小雪花慢悠悠地飘落下来，好像美丽银蝶在空中翩翩起舞。银蝶亲切地落在我们的头上、眉毛上、肩上、书包上，好像久别的小朋友在和我们玩耍和交谈。接着，一片片的小雪花像烟一样轻，玉一样洁、银一样白，飘飘洒洒，纷纷扬扬，从天而降，亲吻着久别的大地。慢慢地，小雪花变大了，变厚了，变得密密麻麻，就像谁用力摇动玉树琼花，那洁白无瑕的花瓣飘飘荡荡地落下来；后来，雪越下越大，好像棉花，恰似鹅毛，小雪花们在半空中你拉我扯，你抱着我，我拥紧你，一团一团的，一簇一簇的，遮住你的眼睛，可趁你不注意的时候，她们悄悄钻入行人的衣领里，冷冰冰，痒酥酥的，当你伸手去捉她的时候，她又神秘地无声无息地消失了。这时，整个世界似乎都要被这狂飞乱舞的雪花吞没了。

路旁青松的针叶上，积着厚厚的白雪，像是一树树洁白的秋菊，那树枝条上裹着雪，宛如一株株白玉雕琢的树；垂柳银丝飘洒，灌木丛都变成了洁白的珊瑚丛，千姿百态，扑朔迷离，令人仿佛置身于童话世界之中，美妙无穷。

小路上就像铺了一层白色的地毯，又仿佛妙手的画家把大地绘成了一幅白色、纯洁的图案。

雪啊！以她素洁的灵魂、动人的姿色、神奇的变幻，不知博得了多少文人的钟爱，令他们留下了数以千万计的千古绝唱。真是"有梅无雪不精神，有雪无诗俗了人。日暮诗成天又雪，与梅并作十分春。"柳宗元的"千山鸟飞绝，万径人踪灭。孤舟蓑笠翁，独钓寒江雪。"在人们面前又一次展现出

059

了一幅静谧的风景画！

　　雪，依然下着，空中的雪花，就像扇动着翅膀的银色的蝴蝶，轻轻地飘飞；我望着地上晶莹如玉的雪花，不禁想起"瑞雪兆丰年"与"冬天麦盖三层被，来年枕着馒头睡"这两句谚语，我仿佛看到了大片大片金灿灿的麦子。

　　啊！雪，美和丰收的使者！我喜欢你，冬天的雪！

第三部分

妙妙小豆丁

　　我愿是一片树叶，叶落归根，让我的生命与寂寞的大地相依；我愿是一朵浮云，随意而飘，与辽阔的天空做伴；我愿是一块泥土，随处可见，悄无声息地孕育着新的生命。

　　　　　　　　　　　——徐子晴《自信的帆》

剥 豆 角

方 琼

　　今天呀，老师布置了一项特别的作业，让我们回家参加一次劳动实践，这可难住了我，因为我们家中所有的家务活都是"妈妈承包责任制"，我可从未插过手。

　　回到家，我看见妈妈正在院子里熟练地剥着青豆，"有了，就帮妈妈剥豆角！"我拿起一个其貌不扬的小豆角，得意地说道："这有什么难的？"妈妈微笑着说："要想剥得快剥得好并不像你想象的那么容易。"听了妈妈的话，我心里有点不服气，心想，我今天非显显身手不可。于是我沿着豆角的中线用指甲用力一扒，谁知用力过猛，指甲陷入了豆角里，顿时青汁直流，我的指甲里立刻像长了"青苔"似的。我也顾不上这些了，急忙剥开豆角一看，里面的豆角已经被我的指甲弄得"遍体鳞伤"，望着那咧开外衣的青豆兄弟，我不禁为自己的"杰作"感到羞愧。

　　妈妈见了，又笑着说："怎么样，不简单吧！"于是，妈妈一丝不苟地把剥豆角的要点传给了我，将豆角夹在无名指和中指中间，大拇指按在豆角的腹部，用力一压，豆角便一刀两断，再借助大拇指和中指的力量挤出青豆。可那调皮的豆角兄弟就是不肯屈服于我，不是躲在里面不出来，就是跳到外面好远，光追豆子就把我累得够呛。

　　傍晚，我吃着自己剥的青豆，领悟到了劳动的艰辛。我暗暗下定决心，以后一定要学着帮妈妈干些力所能及的家务活，既锻炼锻炼自己，也给妈妈"减负"。

不一样的发现

王轶男

妈妈下班回来，给我买了两只小蜗牛。我把两只小蜗牛放在阳光下，心里突然冒出个想法——让它们俩比赛吧！我想两只小蜗牛背着那么重的壳一定跑得不快，于是我把其中一只蜗牛的壳弄碎了。让它们俩进行一场比赛。

第一回合开始了，我在终点的地方放了一根胡萝卜，然后把两只蜗牛放在起跑线上，一松手两只蜗牛开始向终点跑去。我心想："哈哈，没壳的那只蜗牛一定赢了，减少了那么重的壳当然跑的快了。"我倒了一杯水回来，发现那只没壳的已经不爬了，我动一动它，才发现已经死了。我非常困惑，就去问妈妈，妈妈说："这个问题我也不知道，去查一查《动物百科全书》吧。"

我回到卧室里，把《动物百科全书》找了出来，从那里我知道了，蜗牛身上有一层水，水一旦干了蜗牛就死了，而蜗牛的壳是用来保护身上的水分的。我把蜗牛的壳弄碎，水分蒸发掉，它自然活不成了。

我今天又懂得了一个有趣的知识——蜗牛的壳是用来保护自己身上的水分的，同时也是在保护自己的生命。大自然中的奥妙还有很多很多，而像这种不一样的发现也有很多很多，所以以后我会细心对待每一件事，用心观察每一个细节。

成　长

殷佳宝

　　成长是一部耐看的书，只要仔细阅读，就会发现许多真理；成长是一首美妙的诗，只要细细品味，就会体味出其中的滋味；成长是一曲经典的歌，只要轻轻吟唱，就会陶醉其中……

　　推开黑夜的天空，对流星说愿望，梦想是神奇的营养，催促我开放，常常在寂寞里品味成长。

　　成长中有"业精于勤，荒于嬉；行成于思，毁于随。""静以修身，俭以养德。""历览前贤国与家，成由勤俭败由奢。"有古人的美好品质，远大抱负。

　　成长是一首首美妙的诗，古往今来，许多名人志士、聪明才智化成一首首诗来教育我们："百尺竿头，更进一步。""一寸光阴，一寸金，寸金难买寸光阴。""黑发不知勤学早，白首方悔读书迟。"这些都是激励我前进的食粮，也体会到了成长中光阴的味道。

　　成长是一曲曲经典的歌，就像歌中唱到的那样"太阳当空照，花儿对我笑，小鸟说早！早！早！你为什么背上小书包……""小小少年，没有烦恼……""请把我的歌带回你的家，请把你的微笑留下……"回放这些经典的歌曲，让我回想起小学时的一件事。一天放学，我看见一个小男孩手中拿着一只黄色的小鸟，小鸟哆嗦着身子，羽毛也失去了往日应有的光亮。我看见如此可怜的小鸟，于心不忍，用我一直心爱的蝈蝈笼子个和那个小男孩交换。我把换来的小鸟放飞到蔚蓝的天空之中。看到它在天空快乐的飞翔，那时我突然有一种莫名的快乐，从而体会到了成长中快乐的味道。

　　成长的味道，我来品，成长的酸甜苦辣、支离破碎，我也要品。我厌恶凡世的丑陋，喜欢安静美好的事物，同别人一样哭过、笑过、乐过、玩过、也奋斗过。我品味成长的味道，来体验其中的滋味，并将永远珍藏这成长的味道。

　　我在品味成长的味道，品味它流水般的记忆；品味它昔日的艰辛；品味它成功的喜悦；品味它所经历的风风雨雨；品味它无言的欢笑。

　　我将一路成长，一路品味成长的味道。成长是一个快乐夹杂着苦涩的过程；一种让人暗自惊喜却又措手不及的过程。在渴望的成长里夹杂着我们的伤感，成长的快乐与烦恼都是我们必须经历的。成长着、失落着、快乐着……这世界总是美好的，这世界总是幸福的，因为我们在慢慢成长！

065

第三部分　妙妙小豆丁

成长的味道

韩国佳

成长，一片浸泡在牛奶中的柠檬，分不清是清还是纯。成长，又仿佛是一袭轻纱，朦胧地美着。

回忆——婴儿时候躺在摇篮里，咬着奶嘴，沐浴着阳光，睁开蒙眬的睡眼，露出甜美的笑容。那时的我，是甜甜的小花儿。上幼儿园时，调皮捣蛋是家常便饭，那时的我，是刚冒头的荆棘，带着嫩刺儿。幼儿班毕业时，感觉自己好伟大，好自豪，我终于长大了，能上学了。一年级，与陌生的同学、老师慢慢认识、了解，是件多么快乐的事。想当初，我认识第一个朋友的时候，高兴得恨不得买十根棒棒糖一口气吃完。那时的我，是一棵小树，努力地生长着。

成长的滋味究竟是什么？是甜还是涩？幼儿时代，陪伴着我的是糖，棉花糖，入口就融化的甜。再大些，伴随着我的便是棒棒糖，一圈牛奶一圈水果味的棒棒糖，是一种循环了又循环的甜。现在的我，甜、酸、涩，似乎成了我成长中的三部曲，而恰似这种滋味的，是柠檬。

加了糖的柠檬汁，甜中带酸，酸中略甜，似乎也像是成长中的成功与失败。不管是成功或是失败，过程永远是艰辛的。没有积累，人的一生就不会有成功。一张张奖状，便是我努力了，并成功了的最好证明。其实我认为，成功、失败，都是一样的，最后都是喜悦，都是甜。

柠檬茶的味道，涩。虽然涩是我最不喜欢的滋味，但在我的成长中，却少不了它，那就是泪水。泪，有喜悦的泪，懊悔的泪，委屈的泪，然而我最讨厌的就是被挫折打倒的泪，那是一种懦弱。小鸟有了翅膀，学会了飞翔；鲜花有了花香，学会了芬芳；我们有了挫折，才学会了成长。哭泣，是一种不满，是一种发泄吗？我无法找出正确的答案。

放弃真的是为了飞翔吗？当我们事业有成的时候，再回首望望过去自以为很优秀的事情，却会觉得很可笑。不说太远，就说我现在是六年级，看看以前三年级写的很优秀的作文，都会责怪自己，当时那种没有水平的文章怎么写出来的啊？那可能就是成长的乐趣。

过去，轰轰烈烈的回忆被我们轰轰烈烈地淡忘，现在，点点滴滴的憧憬被我们点点滴滴地记起。永远叙述不完的成长的滋味，只有自己才能慢慢地品味。

第三部分　妙妙小豆丁

好一个快乐的暑假哟

尹雪

暑假，对于我们这些天真、活泼、爱玩的小学生来说，是多么美好的字眼啊！热了，跳进清凌凌的溪水中痛痛快快地洗一个凉水澡，那滋味啊——爽！渴了，摘一片荷叶，掬一捧甜滋滋、冰凉凉的泉水倒在荷叶上，喝一口，嗯！从嘴里一直甜到心里，还有一股荷叶的清香呢！你还可以补补课，学学奥赛，读读英语，或者背着个大包包，戴着一副墨镜，到处游山玩水。整个暑假都是那么快乐，我也不例外。

我的暑假大部分是在乡下度过的。在那儿有我最好的朋友莹儿。她是一个单纯、漂亮的小姑娘。她的眼睛清亮清亮的，像大海，又像蓝天，很美。

我们一起在大榕树下写作业。阳光透过大榕树那茂密的树叶洒下来，形成一个个小光斑，在我们的身上、地上亮晶晶地闪着。带着花香的风儿轻轻地拂着。这时的学习对于我们来说是一种无比的享受。

而下午，我们就到村西头的小溪边洗澡。莹儿不敢下水，就坐在岸边让浪花妈妈抠着她胖胖的小脚丫。我呢，却在溪水中钻来钻去，好不自在。浪花抚摸着我的笑脸，我的笑脸紧贴着浪花，笑声一串一串的。

太阳下山了，我们就去竹林深处喂鸟，探险。小鸟好像认识我们，我们一到，就飞到我们手上啄碎米吃。等我们的鸟宝宝们吃完了，我们就去竹林最深处探险，希望发现一些古董之类的东西……

虽然天天如此，但是生活得并不空洞，我们没有丝毫的厌倦。宁静的山村时时回荡着我们欢乐的笑声。

简单快乐

杨 妓

　　为什么？为什么？成绩考得不理想，同学误会我——好像全世界都在与我做对，事事总那么不顺心。生活如此凄惨，心灰意懒的……

　　深呼吸，长吁一口气，头一甩，眉一扬，我又努力睁大我的眼睛，调皮地对"生活"说："你以为这样就会让我失落？呵，我倒要真正看看你的能耐！"于是，我走出家门，望见湛蓝的天空，鸟儿在自由地飞翔……

　　我毫无目的地漫步，不知不觉间来到市运动场，几个小伙子在篮球场上驰骋。好热的天，他们挥汗如雨，受不住了，跑到水管处洗把脸，又回到了篮球场上"厮杀"！

　　——这是什么？是充满朝气的活力；是蓬勃的生命力；是一种体验生活，丰富生活的运动。他们是在享受实实在在的快乐。

　　茫茫然间，我又来到了小巷里，几个老奶奶坐在凳子上拉家常。一位老奶奶双手放在膝盖上，谈起自己的孙女时，刻满皱纹的脸上露出了浅浅的笑意，激动时拍起了大腿，幸福地说："俺家那小孙女呀，真机灵……"

　　——暖暖的太阳醉人意，生活如此和谐。这种和谐，这种自然，使人的内心在爽朗地笑。

　　原来，所谓的快乐竟是如此简单——它并不需要轰轰烈烈。实实在在、和谐自然，其实就是我们追求的快乐，在人的生命中大事毕竟太少，应该学会满足，学会为小事而快乐，学会享受生活本色的快乐！——简单快乐！

069

第三部分　妙妙小豆丁

街边，那些让我不知所措的乞丐们

黄天煜

在车水马龙的街头，他们的身影总会吸引我的目光，每当我的脚步从他们的身边走过，我的心里就会油然而生一种很复杂的情感。

他们，就是我们早已经司空见惯的街头乞丐，有男有女，有老有少，如果用"老弱病残"几个字来形容他们一点儿都不过分。

看，他们的形象跟我们的社会环境是那么的不协调——一个个衣衫褴褛、蓬头垢面；瞧，他们的精神面貌跟我们的社会氛围是那么相背离——一个个萎靡不振，愁眉不展……最让我不忍心直视的，是他们中有的人竟然是跪在地上的，甚至有的像疯了一样地磕头……

在每个乞丐的面前都会有一个小小的器具，有方的有圆的，有搪瓷的有木头的，还有的是不锈钢的。那是他们用来乞讨的工具。曾经有一段时间，一碰到乞丐，妈妈就会拿出一些零钱递给我，让我去递到他们的小钱盒里。我是很愿意做这件事的，尽管钱不是我赚来的，但我也深深地为能帮助他们而高兴。只是有时候，一连几个乞丐都要给钱，我就会暗暗地想，妈妈可真是的，怎么对他们这么好啊，我求她给我买糖吃的时候，她可从来没有这么大方过，哼！

记不清从什么时候开始，妈妈不再给乞丐钱了。我问妈妈为什么，妈妈给我讲了她的亲身经历——有一天早晨，妈妈走出家门，从报箱里拿了当天的报纸后匆匆下楼。她拦下一辆出租车，刚打开车门就看见车后面不远处有一个残疾少年正在用双臂支撑着上身，"一步一步"地往前挪动他的身体，而他那残疾的双腿，一条被他压在屁股下面，一条被他很奇怪地甩在肩膀上，耷拉到后背上……妈妈让出租车司机稍等一会，然后跑到残疾少年的身边，把五块钱轻轻地放在少年的乞讨筒里……妈妈回到出租车里，车开动了。这时候妈妈打开了报纸，在报纸第一版，妈妈看到那个残疾男孩的大照片，记者的文章让妈妈大吃一惊，原来这个男孩根本不是残疾人……妈妈说，这件事情过去很多年了，但她看到乞丐依然会拿出钱来。直到有媒体曝光了一些职业乞丐的真实收入后，妈妈就不想再给他们钱了，据说，他们一个月的收入比妈妈的工资还要高出很多。

"那是不是碰到乞丐就坚决地不给他们钱呢？"我问妈妈。

"当然不是，"妈妈说，"碰到要钱的你就买点儿吃的给他，碰到要饭的你就给他点钱！"

嗯，有道理噢，还是我老妈聪明。

第三部分 妙妙小豆丁

哭着笑着

邱雪

东方的太阳慢慢升起，我也在慢慢成长，从愚昧无知的孩子变成一个懂事、成熟的大姑娘。在成长的路上我尝过酸甜苦辣、喜怒哀乐。在成长的道路上，我哭过、笑过。

常常一个人躺在床上回忆着过去，幻想着未来，我是不是在浪费时间、浪费生命？接下来的路，我该怎么走？一串串问号与不解出现在我的脑海里。向窗外望了一眼，天空还是那么湛蓝明亮，鸽子穿过青春的阳光，划出一道亮丽的光线。

已知道珍惜时间的女孩来到操场上，将心中对日子的怠慢和消磨悄悄取出，埋在一块土地下，看一看四周，不知道还有多少埋下的梦呢？拾级而上凉亭，手扶栏杆，任风吹着我，看着马路上来来往往的人流和车辆，又不禁陷入梦幻……

好不容易放假和朋友们野炊，脸上痴痴地笑着，心里却有几分舍不得和放不下，永远永远……可还是到了说分手的时刻，心里有一种说不出的难过，回到家里，竟哭了！作业陪伴我到十点半，心里有股酸楚又说不出的难过。只有趁爸爸妈妈不在时，听听周杰伦的《安静》才会好一些。十次的考试，六次的失败，而对少得可怜的分数，家长的不理解，泪水又模糊了窗外的柳树。轻轻地走了很长的路，疲倦地敲响一扇半开的门，像惊动什么似的："我找陶渊明先生，他在吗？"我的幻想再一次出现。

生命之船顺流而下，相对的景物也在对我笑。回头看看，身后的山、水、树、花、草望着我，我觉得风更大了，肩膀更重了。

偶尔听见好友跑来悄悄告诉我："你变了。""哦！是吗？"我反问道。究竟哪儿变了？和朋友聊天时那成熟的神情和语气，小时候那幼稚天真、直率、坦诚渺小了，最后我把它们抛弃了。清冷的灯光下，又想起许多事；勉强的笑脸和不再幽默的语言，于是满腹的疑问渐渐地减少，好像自己真的变了。随着年龄的增长，给自己套上了一层厚厚的壳。

告诉自己，珍惜花季。到了明天，我的生命又少了一天，问自己："这样的日子还有多久？"

朋友，请保存一颗年轻的心，贴一份火热的情，那么青春之树就会在你心中万年长青；青春之河就会在你心中千年长流；青春之梦将会在你心中成为永恒；青春之花将会在你心中四季常开。

073

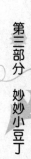

快乐的班级

肖　元

如果有人问我："用什么词形容你们班最合适？"我会毫不犹豫地回答："快乐！"快乐的老师，快乐的同学，汇成了快乐的海洋。现在，就送你一朵快乐的小浪花来一起分享！

去年冬季的一天，雪刚下不久，上课铃就响了。不过，那飘扬的雪花早把我们的心牵走了，老师发现了我们的心思，立刻带着我们冲出教室。那感觉，就像笼中的小鸟飞入了森林，痛快极了！

"啊！谁打我？"咦？是谁在尖叫？顺着声音看过去，哈！老师正捂着脸大嚷呢！不用说，肯定是哪个"调皮鬼"把"炮弹"扔老师脸上了。我们都笑了，这个时候有谁会承认呢？我四下一看，"调皮大王"刘桂元那一脸奸笑，就把他自己给供出来了。不过，我可不会出卖自己的"战友"。很快，无数的"炮弹"又在老师脸上、衣服上开了花。瞧，老师是又气又笑，在那么紧急的情况下，她竟还不忘大喊："忘恩负义！忘了谁带你们下来的！"不过我们知道老师不会真生气的，我们也就更加放肆，紧追不舍，非要把老师打个"落花流水"。

男孩子玩得不亦乐乎，女孩子可就生气了，她们永远和老师统一战线。老师得到有力援助，马上向我们发起了大反攻。我们也不甘示弱，继续奋战，不断有人"中弹"，操场上"谁打我？""我要报仇！"的声音此起彼伏……

"铃……"下课铃响了，战败的女同学和老师一起逃离了战场，男同学在操场上打起了"内战"，以欢庆胜利，欢乐还在继续……

露一手

刘　斌

一个星期天的上午，爸爸、妈妈不在家，快到中午了，我的肚子"咕噜，咕噜"直喊饿，我想起了在老师家学做的"土豆塌子"，又香又劲道。心想：何不做几个"土豆塌子"露一手，让爸爸妈妈尝尝？

于是，我先拿来一个大土豆，用水洗干净，又一点一点地削去皮儿，用擦子把土豆擦成丝儿，放到盆里，又剥了三棵大葱，切碎放到土豆丝里，再放少许盐和味精，然后搅成糊状，把盆放到案板上，等油热了，舀一勺土豆丝糊糊放在锅里，"吱吱啦啦"，锅里立刻响起了欢快的曲子，油也热闹地飞溅出来，吓得我直往后退。稍后，我拿起炒菜铲儿伸着胳膊把土豆丝糊糊慢慢翻了个儿，等两面都油黄油黄时，第一个诱人口水的"土豆塌子"就诞生了。我高兴极了，哼着小曲又做了两个。这时爸爸、妈妈也回来了，我马上双手端起盘子，面对爸妈举过头顶，一腿跪下，学着古代仆人的姿势和腔调说道："爸妈请品尝！"只听爸妈哈哈大笑，爸爸伸出手往我脸蛋儿上一抹，"鬼东西！"说着撕下一块"土豆塌子"，滑稽地一仰头塞进嘴里，"嗯，好吃！味道美极了！"妈妈也随即拿起一块儿放进嘴里，一边吃着一边伸着大拇指附和着爸爸："不错！我儿一定是未来的好厨师！"

看着爸妈抢着品尝我的"杰作"，听着爸妈的夸奖，我心里美滋滋的，心想：下回我要再露一手。

美好明天

董帅东

每个人都有自己的梦想，但只有意志坚强的人能实现自己的梦想，因为实现梦想也许要十年、二十年，或者需要更长的时间，甚至一辈子。人们不愿意浪费自己的时间，选择放弃梦想。其实梦想的实现就是明天，只要你不断进步，带着希望的心，明天的你将会实现你的梦想。

在一个阴雨天，风雨交加，一个孩子无助地走在街上，眼泪像断了线的珠子一样流下来，可是几乎没有人注意到他在哭泣，因为雨水哗哗地流着。这时，走过来一位老人，亲切地说："孩子，怎么啦？"男孩抽噎了一下，"爷爷，我失败了，永远地失败了。"老人轻轻地拍了拍孩子的肩膀，"我知道你幼小的肩膀无法承受巨大的压力，不如让我替你分担一些吧。"孩子疑惑地看了看老人："我是个小学生，学习一直都很好，但这一次，我考试没能正常发挥，想到要被老师、家长批评，要被同学嘲笑，我心里好难受，所以才离家出走。"老人语重心长地说："振作一点儿，这么一点儿挫折就轻易放弃，又怎么可能会成功呢？"老人看了看孩子，信心十足地走了。男孩久久地伫立在那里，一动不动。

雨停了，太阳藏在白云间，忽然出现了一道彩虹，是那样的鲜艳美丽，男孩看见彩虹，恍然大悟。他兴高采烈地上学去了。

男孩悟到了什么呢？

用心品味，你一定会明白明天的含义，就像打开窗户看天空，穿过天空看人生那样，明天是希望。

把握青春节奏，明天我将自由飞翔，明天我将放飞梦想。伴着耀眼的光芒，成功伴我成长。

流　泪

石丁子

当你受了委屈时，一定要学会流泪。流泪可以让你心里那些不好受的事情通通跑得精光，当一滴一滴载着悲伤和忧郁的晶莹的泪珠掉落下来时，你的心也会因此而平静下来，随之静静地睡去。

当你受了批评时，一定要学会流泪。我不是让你一挨批评就哭，而是记住：所有人说你都是有道理的，泪珠的增多会使你清醒，从而记住他（她）对你的帮助，而不是增添仇恨，内疚一点点代替了委屈，记住：泪，有时会救人的。

一篇《哭比笑好》的文章恰恰说明了这一点，文中写道：我［朋友小猴子（人名）］爸吊起来打我时，我想，我总有一天会长得比我爸高大，到那个时候，我也要把他反绑起吊在房梁上，用鞭子蘸辣椒水，打一记还十记。我在数他究竟抽了我几皮带，我记得清楚得很，他抽了我二十七记，长大后我要还他二百七十记，一记也不能少。

是的，正是因为他不会流泪，所以会这样。他的后果可想而知：他因打架斗殴进了少教所，后来，又因拦路抢劫被押进了监狱，最近，听说他报复杀人，走上了刑场。

文章的最后写道：在猿猴里，有百分之八十都会笑，但没有哪种会像人那样会流泪抽泣，会真正哭。其他动物也有泪腺，但容量极小，唯一的作用是滋润眼球，保护视力。只有人类的泪腺，还具有表达能力和发泄感情的特殊功能。从解剖学上得知，人类的泪腺在所有的动物中是最发达的。毫无疑问，哭是生命中的一种进化现象，或者说是进化了的生命。所以，哭比笑好。

是啊！有时，流泪真的是会救人的。所以，朋友们，学会流泪吧！

那一次，我真的哭了

何 晓

去年的一节自习课上，同桌张玢突然大叫起来："我的量角器跑哪儿去了？"我以为他要做数学题了，连忙把我的量角器递给他说："你先用我的吧。"他的眼光落到了我的量角器上，看了一会儿，然后狠狠地把量角器夺过去，大声地说："你的量角器是从哪儿来的？"

顿时，全班同学都把目光投向了我。"是我妈妈给我买的呀。"我怯怯地回答。他的火气好像更大了，声音也高起来："这个量角器是我的。"我有点疑惑不解。他的眼睛里射出了怒不可遏的光，指着量角器上的痕迹说："你看，这是标记！"此时我已无言以对。同学们开始议论纷纷了，我只是呆呆地站在那里，想哭，但却哭不出来。后来，我也说不清是怎样摆脱那种尴尬局面的。

第二天早上，我低着头来到学校，刚要坐下，张玢却拿着量角器跑到讲台上，大声地说："同学们，昨天我找到了自己的量角器，我冤枉了何晓，我向她赔礼道歉……"我的两行热泪早已不由自主地涌了出来，心里不知道是委屈还是感动，我扑倒在桌子上放声痛哭起来。张玢此时也束手无策了，同学们也纷纷地说："对不起，我们委屈你了……"我哭得更厉害了，似乎是想用这哭声驱赶内心的委屈，用泪水洗清这场不白之冤……

这可能是我平生最悲痛的一次啼哭。这件事虽然已过去了很久，但却仍然留在我的脑海深处。

奇怪的水

黄婷婷

今天早上，我如往常一样蹬着自行车赶向学校。路过小河边，发现河面上结起了一层薄薄的冰。看着看着，一个奇怪的想法出现在我的脑海里："为什么结冰时不从河底结起呢？"带着这个大问号，我去询问教自然课的秦老师。

走进自然实验室，一见秦老师我就迫不及待地打开了话匣子："秦老师，为什么冬天河水结冰不从河底结起呢？"听了我的话，秦老师拍拍我的肩膀说："冷空气是自上而来的呀。"听了这番解释，我仍是云里雾里一般，嚷道："不对，要是这样的话，那应该当气温降到0℃，河水形成对流时，整条河都结冰才对呀！"我期待忐忑的秦老师继续给我解释，雷达般的眼睛紧紧盯住秦老师。只见秦老师清了清嗓子，继续说道："水在4℃以上时并无异样，可一旦气温下降，水温也就下降。在4℃时，河面水温降低，密度反而大，要下沉，底部水温高，密度小，要上升。这样，两水相融，水温形成一致。"

听了这一席话，我茅塞顿开，兴奋地嚷道："噢，也就是说不存在对流了！""嗯，不错，因此河面结冰，而河底水温仍可保持4℃。现在你的谜团解开了吧！"我开心地点了点头。

啊，我终于拨开云雾见到太阳了。我想以后我还会从七彩的世界中多发现、多解决问题，逐步步入广阔的科学殿堂。

青蛙为何比蟾蜍跳得远

谢 斌

下午，老师让我们到草坪上去除草。在除草的过程中，女生忽然惊叫起来。我走过去一看，原来是一只蟾蜍，只见它正慢吞吞地向前跳跃着，我不禁想：青蛙和蟾蜍是同类，长相也相似，为何青蛙跳得比蟾蜍远，动作也快呢？

放学后，我为了弄清这个问题，到田间捉了几只青蛙和蟾蜍。我把它们放在了家中的浴缸中，观察起来。

青蛙和蟾蜍的四肢都是前肢短，后肢长。但青蛙的后肢长而结实，前腿短小；蟾蜍的前后肢比同等大小青蛙要短，而且它的前后肢差不多大小。青蛙不动时，主要靠后腿着力，因此头和身体是上斜式的；蟾蜍不动时，四条腿同时着力，因此整个身体是伏式的。

青蛙跳跃时，先用后腿用力向上一蹬，这样它的整个身体就向空中跃起，使得它跳跃的距离高而远；而蟾蜍跳跃时，总是前腿向前跨，后腿紧跟其后，这样蟾蜍跳跃时是直线型的，与青蛙的弧线型跳跃相比就跳得没这么远了。

通过观察，我知道了青蛙之所以比蟾蜍跳得远是因为：青蛙和蟾蜍的跳跃姿势不同。这跟它们的四肢相关，可能也跟它们的生活习惯相关吧。

如果你有兴趣可以继续观察，别忘了也记下来，告诉我们大家哦。

守望一个稻草人的幸福

黎 琪

秋风终于吹弯了稻子的腰，一摇一摆像荡秋千，一波又一波的稻浪与风一起轻舞飞扬。不过，起伏的稻毯中突兀地立着一个稻草人。

那个稻草人很丑，枯槁，扭曲。风摇曳着它单薄的影子，落叶敲打着它塞满稻草的头，摇摇摆摆。

"就这么一个草人，能赶鸟吗？"我瞅了一眼稻草人，疑惑地问父亲。

"既然是稻草人，怎么不能赶鸟？这到底也是个不易的活。嘿，伙计，好好干！"父亲以少有的平和语气回答着我，又向那个稻草人大声地送去鼓励。

我有些诧异，这不是因为稻草人的能力，而是因为父亲，记忆力里那个沉默、严肃的父亲。第一次让我听到他的鼓励，但获此"殊荣"的并不是我。

空气中突然飘来一股莫名的酸酸的味道，任我孤独地品味着。

"该干什么不该干什么还用我告诉你吗？还愣在这儿干什么！"我已经习惯了他的严厉，即使我只是个女孩。

那个稻草人在风中摇摇晃晃，好像随时都会倒下去。父亲大步地走过去，把它扎进更深的土地里。

一次重大的考试后，考场上连连失误的我心灵也迷失了方向，迷茫、自卑、空虚，渐渐地吞噬我的世界。

一个静静的夜晚，明月当空，无云，也无眠。沉重的脚步徘徊在稻田边，我的心事像沙漏里的沙，细得能在寂静夜听见流淌的声音。空空的土地上依然突兀地立着一个稻草人，风已吹不出汹涌稻浪，却撩起了身边的丝丝白发。

"爸。"

"嗯。"

简短的问候对答后，便是死一样的沉寂，面对着总会呵责我、训斥我、冷漠我的父亲，我真的无语了，在我陷入低谷时，没有人能够帮助我、温暖我、鼓励我。只有自己一个人听心轻轻的叹息。

"你看那稻草人。"

"啊？"

"你看那稻草人，无论风吹雨打都站着，即使只有自己，也要为了心中的信念坚持下去，这也是幸福啊。"

"人得懂，其实奋斗了就无憾了，无憾了就知足了，知足了就幸福了。爸严厉地对待你，就是希望你能奋斗，能幸福啊。"

听着面朝黄土背朝天的父亲说出这样一番有哲理、温情的话，我又一次诧异了。随即倾出的是泪水，幸福的泪水。有时会以为幸福来临的总是很突然，却忘记了它一直都在身边。不过幸福有时需要一个台阶，无论是它下去还是你上来，只要两颗心在同一个高度和谐地振动，这就是幸福。

那个稻草人依旧直直地挺立着，我转过身，以女孩特有的方式轻轻地搂住了父亲，一瞬间，我看见了，看见了我的父亲脸上泛起的淡淡红晕。

我的电脑

姜宇轩

　　"智慧是真正的上帝，智慧是人脑的机能，智慧是修养的结晶，智慧是实践的产物。"每个人都能得到这种"智慧"吗？如今，时代在不断进步，科技在不断发展，在这高科技的时代里，我们必须懂得一样比智慧还聪明的东西：科技的智慧——电脑。

　　三年前，"电脑"这个充满神秘感的名词，我并不了解"他"，我也无缘接触"他"。只是听别人说："电脑相当于高级人脑！能帮助人们做许多事情：打字、编辑、绘图；上网能够查阅很多知识，开阔视野，增长见识；利用电脑还可以听音乐，使人心情放松……""电脑"这个名词，从此在我的心中留下了一个永远抹不掉的烙印。我迫切地想接近"他"。

　　一次偶然的机会，让我揭开了电脑的面纱，一天，爸爸、妈妈带我上街，我们来到了一家电脑公司，电脑公司里琳琅满目：一台台"电视机"对着我笑，"电视机"旁的"大箱子"像卫兵一样守护着它，前面的长方形"方台"上还有无数的按钮。一位大哥哥正在一台"电视机"前用双手敲击长方形"方台"。我赶快跑过去，只见随着大哥哥的手在"方台"上灵巧地按动，"电视机"屏幕上一会儿出现了一篇文章，一会儿又出现了一幅美丽的图画。"大哥哥，电视机也会写字、画图吗？"大哥哥看着我笑了："小弟弟，这不是电视机，这叫电脑。它不但会写字、画图，还能做许多事呢！"当时我羡慕极了，决心以后也要像大哥哥那样会用电脑。这就是我和电脑的初次见面。让我想不到的是，这一认识，注定我和电脑分不开了！

　　升入二年级，我们学校开设了微机课，我的好奇心得到了满足。盼望已久的微机课终于与我们见面了。到了电脑室，映入眼帘的是一台台像电视机似的电脑，我激动极了。经过老师的一番讲解，我知道了：声音、图像、文字、动画、影视的组合叫多媒体；装有声卡和光驱的电脑叫多媒体电脑。我

083

第三部分　妙妙小豆丁

们还知道了因特网！因特网真是太神奇了，网上的世界太精彩了：游览风景名胜，领略异域风情，了解时事新闻，发表言论，购物……真是美妙极了！我终于理解了——不用出远门，便知天下事。老师让我们认识了显示屏、主机、键盘、鼠标；指导我们练指法、打字、编程……每次的微机课总是那么快就过去了，每次我们总是要被老师"赶出"微机室……

　　我慢慢地觉得电脑越来越神秘，越来越深不可测了，我对电脑更痴迷了，白天想的是电脑，晚上睡觉梦见的也是电脑。有了电脑，我的学习兴趣更加浓厚，我的知识更加丰富，我的视野更加开阔。我不由得慨叹：我们必须学会使用电脑，掌握高科技的按钮，迎接新的挑战！否则将会被这竞争的世界淘汰！我相信在不久的将来，电脑的普及将成为现实！拥有了电脑，掌握了电脑，一定会为你增添无穷的"快乐"！

　　我坚信：利用电脑可以造就一个全新的视野，可以改变国民的传统意识——至少它已经改变了我！

我的明天

闫 妍

"让我们敲希望的钟啊，多少祈祷在心中……"我躺在夏夜的草坪上，轻哼着《祈祷》，蛙鸣四起，夜幕悠悠地四合。天上的星星，迷人而又晶莹；青草的香味是那样的新鲜。这不禁让我产生了对明天的遐想……

也许，明天的我走进春日里的校门时，看不到一个个学生被笨重的书包压得弯腰驼背的身影。一群孩子笑得那么开心，嘴角向上勾勒得那么美好。他们愉快地向我跑来，脚下踏出了一串铜铃般的音符。他们挥洒青春的汗水，背着不需要做任何减肥运动的书包。他们说，学习不再繁重而枯燥得可怕，学校让他们发挥自己的特长。往后的路越来越开阔，前途不再永远是看不清方向的"全面发展"……他们的脸庞是那么的生机盎然，焕发着勃勃的生机，纯白色的衬衫透出明媚的春光……我笑了，笑得那么欣慰。我往远处眺望，看见了不远处的朝阳冉冉地升起，周围的一切仿佛都镀上了些许闪闪的红晕。

明天的我走进秋天里一望无际的稻田。我看见农民伯伯那古铜色黝黑的脸，都展现出宛如秋季里雏菊般的笑颜。我走上前去，他们说，你看！我顺着他们蒲扇般的大手指的方向望去，是一台台如飞机般的喷气式收割机，正快速地蜕出稻田里颗颗灿亮而饱满的谷粒。周围一派稻香蔓延……他们说，这些都是政府的支持，到处都普及了新的高科技的产品，再也不愁洪灾干旱，再也见不到因为穷困潦倒而背井离乡的农民工啦……我又笑了，笑得那么真诚……秋风轻抚过来，散发出成熟的气息，是那样的醉人。

明天的我走进一家冬日里的医院，我发现每一间病房里都传来了喜气洋洋、嘹亮健康的歌声。一位曾患不治之症的大叔紧紧地握住我的手，颤声地说，孩子啊，现在的医术可高明了，激光一照病就除，再也不要受打针化疗的皮肉之苦了……我大声地笑了，冬天的太阳仿佛也在温柔地笑，我的眼角

闪出泪光……

　　我一睁眼，竟然还躺在草坪上，周身都是露水，大有"沾衣欲湿杏花雨"的味道，天际的云朵已经泛出白色。"让欢喜代替了哀愁啊，微笑不会再害羞；让时光懂得去倒流，叫青春不开溜……让大家看不到失败，叫成功永远在。"我将《祈祷》再次唱响。是谁说这些只是梦，只是明天的遐想呢？记得郝思嘉曾说，明天又是新的一天……

超越自我，我的企盼

张海南

　　浸在土地下的芽儿，为了头顶的那片蓝天，它努力地向上生长着，埋在地壳里的岩浆，为了它那力拔山峰的辉煌，它默默地坚守着，我为了冲破那束缚我的壳，破茧成蝶，苦苦地等待着……

　　我是一个拥有理想的女孩，为了心中的那盏灯，我愿意奉献我的一生。一位哲人说过："理想是地球上最美的思维之花。"是的，有了理想就有了人生的航标。从小到大，理想有过千千万万，梦想去翱翔；去当诗人；去当画家；去……真的千奇百怪；真的很美好。

　　有了理想，当然就得去奋斗。于是，千百个日夜，我为了心中的目标去奋斗。我不在乎衣着打扮，我不在乎吃好喝足，我每天将自己置于书堆之中，和陶渊明去体会"采菊东篱下，悠然见南山"的闲情逸致；和龚自珍去证实"落红不是无情物，化作春泥更护花"的箴言真理；与李白共希冀"长风破浪会有时，直挂云帆济沧海"的美好愿望；同苏东坡共同咀嚼"但愿人长久，千里共婵娟"的动人情感……

　　我知道"万般皆下品"，我明白"天生我材必有用"，我陶醉于"山重水复疑无路，柳暗花明又一村。"因为心是无瑕的碧玉，即使醉了，那又何妨，只要问心无愧，只要努力拼搏，那结果的好坏并不是最重要的。

　　奋斗是一个过程，我就是喜欢这个过程。虽然有黑暗、有荆棘、有风浪，但是成功的力量永远是无敌的，只要有坚定的信念，有坚强的步伐，我相信定会走出一条光明大道，定会瞧见那天边的七彩虹。对！那就是耕耘后的收获，那就是对成功者的嘉奖。

　　虽然，我只是一只蛹，我在那束缚我的壳里挣扎着，多少个日日夜夜，我无眠，我苦苦地等待着，但我坚信风雨之后将会是彩虹挂在天边。那么，我也将会成为蝴蝶中的一员，那时候我会向世界大声宣告：为了破茧成蝶，我超越了自己！

我学会了轮滑

王楚雅

假期里的一天，我写完了作业，趴在阳台上，看见小区的院子里有好多小朋友都在滑轮滑，他们滑得漂亮极了！正着滑、倒着滑、单腿滑……我可羡慕了！跑进屋大声和妈妈说："我要学轮滑！"

一个阳光明媚的下午，妈妈和爸爸领我到胜利公园学轮滑。我们一走进公园的大门，就看见那里已经有很多小朋友在滑了，他们一个个像翩翩起舞的蝴蝶飞来飞去。我迫不及待地催促爸爸妈妈快开始。

在一块空地上，爸爸帮我穿好了轮滑鞋，妈妈帮我绑好了腿和胳膊上的护具，我戴好了头盔。觉得自己神气十足，像一个威风凛凛的将军。我跃跃欲试地想站起来，可妈妈刚撒开手，轮滑鞋像着了魔一样向前滑去，哎呀！天旋地转，我重重地摔在了地上。妈妈赶紧过来扶我，爸爸说："慢慢来，万事开头难！"

爸爸在我的前面做着示范，我在后面跟着学，妈妈一边扶着我一边提醒我要注意动作要领：重心要低、手背后、膝盖弯曲、脚尖向外分开形成八字、身体向前倾……我手忙脚乱地练着，不停地摔着跟头。又摔了一个跟头，这一下可真重呀！我四脚朝天，摔得我手疼、脚疼、浑身都疼。

没想到学轮滑要吃这么多的苦头，我躺在地上不起来了。我对爸爸说："不学了，太难了，摔得太疼了，我就是真的变成小龙女也学不会。"爸爸说："累了就歇一会儿，但做事情怎么能半途而废呢？"妈妈也给我鼓劲儿加油，说："看那些滑得好的小朋友，刚开始学的时候都是这样，我很看好你哟！"

……

无数个跟头后，我进步了不少，我可以滑圈了，虽然很慢，但我可以随着大家一起滑了。

　　一个下午很快就过去了，在回家的路上，虽然感到很累，但我取得了成功，我有一种千言万语也表达不出来的喜悦。

　　假期快结束时，我和小区里的小朋友一起在园子里滑轮滑。我们争先恐后地滑着，喧闹着。我想起了一句话：看花容易绣花难！不管做什么事情，只要我们认真去做，坚持努力就一定会有收获。

我也衔过一枚青橄榄

赖华钦

曾几何时，我害怕游泳。我能骑着自行车放开双手在马路上呼啸而过，我能一口气奋笔疾书，写出一篇千字文章，我能在十几分钟内轻松背诵一首杜甫七律。但望着这满河的水却无奈，我心有余而力不足。多少次，我与它针锋相对；多少次，我与它相视无言。渐渐地，我的伙伴离我而去，只因我的"胆小"。

于是，我在经过了一千零一夜的思忖后，做出了一个史无前例、惊天动地的决定：学游泳。某日，我邀请我的铁杆哥们儿，一起去游泳，经过0.01秒的反应过后，他们无不对我佩服得"五体投地"。于是乎，我们浩浩荡荡地"奔"到河边，扒光衣服，一个个比田亮还厉害地跳入水中——但我例外，他们在N次叫我入水无效之后，实施暴力，最终寡不敌众，我缓缓地进入河中，他们教我游泳，不知是不是上帝咬我这个苹果时，下嘴狠了点儿，把我的游泳细胞给啃了，我总也学不会，只要他们一放手，我就要喝"饮料"，由于我实在喝不下去了，就决定登陆，唉！以失败告终。

从此，伴随着一声声"朽木不可雕也"的叹息，我被开除出"组织"，心微微发疼，他们说愿意为我去死——如果我再这样折腾他们，他们就去做自由落体运动。

但是敝人由于天生傲骨，求人不如求己，我决定自己独自面对挑战。上天垂青，在喝了无数次，吐了无数次"饮料"之后，我终于学会了，且已达到炉火纯青的地步，现在只恨田亮没在我身边，不然，我一定挫挫他的锐气，古有马踏飞燕，今有人泳而鱼死，虽是菲尔普斯，吾亦不惧也。

虽然喝了N次水，但是我也因此战胜了自己。生活亦是如此，挫折与困难是人生中必不可少的部分，苦尽必会甘来，不要抱怨生活的无奈，珍惜挫折，选择挑战，你就是赢家。

磨难是一种付出，也是一种获得，苦是一枚独自咀嚼的青橄榄，苦涩之外别有滋味。

　　挫折是一种悲哀，也是一种幸运，痛是一杯没有放糖的咖啡，刚入口时苦从中来，但是细细品味，甜味自来。

　　用磨难作笔，生活为纸，挫折当墨，抒写人生的美好与辉煌吧。

　　迎接挫折、面对挑战，你将获得幸福而充实的人生。

　　青橄榄，青橄榄，我至今仍在回味，生活中有那么多枚伴随我成长。

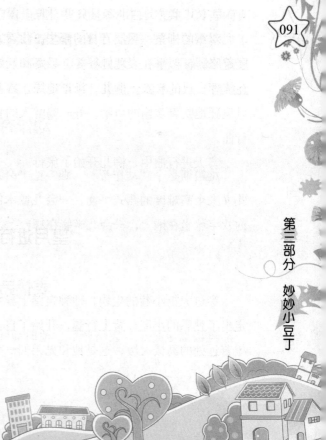

无与伦比的完美

尹 杭

维塔斯带来的震撼

如果说《忐忑》是神曲的话，那么维塔斯就是神人了。你知道维塔斯吗？他是俄罗斯在克里姆林宫举办个人演唱会的最年轻的歌手，能唱令人震撼的海豚音，音域横跨五个八度。几年前，我就听过他的歌，那时就惊为天人，慨叹道："此音只应天上有"。而前几天，在湖南卫视的春节晚会上，看到潘长江卖力地模仿维塔斯唱歌剧，嘴巴张得都快比脸大了，又再次唤起了我对维塔斯的兴趣。于是，我找出了维塔斯演唱会的CD，津津有味地看了起来。

动作帝

维塔斯是个"动作帝"。瞧，他一会儿像小孩子一样左右晃脑袋，一会儿又来个高难度的燕式平衡，一会儿像木偶一样走来走去，一会儿又双脚呈内八字状坐在地上，一会儿半躺在舞台上，一会儿又可笑地定格……

表情帝

维塔斯更是个"表情帝"。他时而暧昧，眼睛似睁非睁，脸上似笑非笑；时而开怀，脸上眉飞色舞，脖子扭得像跳新疆舞一样；时而调皮，像孩子一样天真地龇着牙笑，露出一排洁白的牙齿；时而痛苦，"凶相毕露"；时而话筒像被嘴粘上了一样……他的面容可以从极其美丽变成极其丑恶，他的姿态可以从性感娇媚瞬间变成强健有力。

声音帝

维塔斯绝对是个"声音帝"。他的声音可以从小姑娘变成年轻女士，然后变成一个历尽沧桑的男人，最后变成一个老年妇女。也有时像恶魔般沙哑，有时尖尖的似乎要刺破云霄，有时却像哈密赤（岳飞故事中的金国没鼻子军师）那样鼻子堵了，过一会儿又模仿起了乐器的声音，或者炫起了他的口技，到最后却像蹦豆一样……

深沉而高雅

维塔斯的曲风是多变的，各种风格的歌曲他都能驾驭——无论是像《幻想》那样超现实主义的、梦幻的，还是像《第七元素》那样神秘的，或者像《灵魂》那样富含人生哲理的，再或者是像《秋天的叶子》那样的最典型的俄罗斯风格歌曲，有着一种淡淡的哀伤和俄罗斯式的忧郁，当然也不乏欢快的曲调，例如《微笑吧》……但总的来说，他的歌，无论曲调还是歌词都很完美，尤其是歌词很有哲理和文采。听说，他唱的歌有不少都是他自己写的。我感觉，他的每首歌的歌词都在讲述着一段故事，显得深沉而高雅，这有赖于他深厚的文学和艺术素养。

最佳歌曲评选

我最喜欢的歌是《盲眼艺术家》。只见一转眼，维塔斯戴上了墨镜，手拄拐杖，变身为一位盲眼画家。略带悲伤的音乐响起，令人震撼的歌词映入眼帘："他不知道颜色，在冬天绘画夏日；他看不见图画，但他的作品像神话一般……他不曾憎恨命运……他灵魂的呼喊在画布上迸发，每个人都因为从画上看到属于自己的东西而惊讶；这样的一个人，却能绘画出幸福，对爱并不熟知……"维塔斯惟妙惟肖地刻画了盲眼艺术家心中的痛苦、挣扎和不与命运妥协的决心，听后让人为之深深地动容。

"大妈"级粉丝

演唱会上，粉丝众多，有大妈、大爷、美女、孩子……而其中最多的要属于"大妈"级粉丝了。是啊，谁能不喜欢维塔斯呢，尤其是"大妈"们，谁不想拥有像维塔斯这样的儿子呢——高大、英俊、帅气、幽默、才华横溢又奔放不羁，有着天籁般的嗓音、纯净的笑容、优雅的音乐和深邃的作品……这一切构成了他无与伦比的完美。

我知道，音乐是不分国界的，我也已经变成维塔斯的粉丝了……

洗　米

王敏杰

洗米就是淘米，这有什么稀奇的？可是，我小时候那次的洗米，可让我妈一直笑到现在，想想都怪不好意思的。

记得我5岁那年，想给妈妈一个惊喜。于是我来到厨房为妈妈洗米，可那米里面的糠实在是清理不掉，我只好把米倒出来，一粒一粒地把糠拣出来扔进垃圾桶里。可一不小心，把米全倒进垃圾桶里了。这下可吓坏了我，妈妈回来不仅不会夸奖，而且会骂我的。

别急，我连忙把垃圾桶里的米倒在盆子里。一看，有很多泥。我在水里淘了一遍又一遍，米就是不能变白，总有一层黑黑的东西。怎么办呢？怎么办呢？我在厨房里转来转去，咦，有了，妈妈用洗衣粉能把脏衣服上的斑点洗干净，米为什么不能呢？于是，我拿出洗衣粉，倒了许多在米盆里，我用双手使劲地搓了好长时间，盆里搓出了泡沫。我又把米捞出来放在清水里冲了又冲。呀！米真的变白了。

哎，可是那一天的饭却有一种说不出的味道，全都倒掉了。我呢，自然招来一顿骂。事情过去几年了，现在的我不仅会淘米，也会煮饭了，可那一次的洗米经历在妈妈眼中成了永远的笑柄。

献给爸爸的歌

马国祥

睡眼蒙眬中，爸爸拿着一杯水和一片退烧药，走到我的床前。一边小心地给我吃药，一边亲切地问："怎么样了，好点了吗？"我不住地点头，那蒙眬的睡眼中含满泪水。妈妈出差了，爸爸便像妈妈一样无微不至地照顾我。一夜了，整整一夜了，他没有合上那双布满血丝的眼睛，我的心中充满了酸楚……

这就是我的爸爸，不善于言表，而又和蔼可亲的爸爸。自古以来，没有多少对父亲的赞歌，然而，我要赞美他，赞美那质朴的父爱。

记得那是初冬的第一场雪，天地间布满了寒霜。我走在上学的路上，寒风刺得我头脑发昏，全身发抖，真恨不得长对翅膀，一下子飞过去。忽然，一个熟悉的声音在身后响起："亮亮。"啊！原来是爸爸！只见他随手将车筐中的灰色外衣轻轻地披在我的身上，然后说道："来，爸爸带你走。"我高兴地上了车。路上很滑，爸爸小心地骑着车，生怕摔倒。他骑得很稳，但很吃力。慢慢地我才明白过来，爸爸怕我着凉，特意为我送来外衣。由于来得很匆忙，连手套都没戴，寒风将他的手冻得通红，可是他还是不停地骑着，几次都险些摔倒。他，是那么用力，伴随着那轻微的喘气声。寒风又一次吹来，爸爸打了一个冷战，但他毫不在意。

爸爸把我送到校门口，这时，我清楚地看到，也清楚地记得，爸爸的额头上渗出了微微的汗珠。我心潮激荡，真想说声谢谢，可是嗓子里像堵了什么东西，怎么也说不出来。我望着他消失在茫茫的人群中，泪水模糊了眼睛。

爸爸，您多么像一叶朴实无华的扁舟，载着小小的我荡漾在幸福的海洋里。

笑声又回来了

林云辉

　　自从爸妈去东北工作后，我家就再也听不到往日的欢声笑语了。因为家里除了上学的我，就只剩下奶奶那孤孤单单的身影。每当看到她紧锁的双眉、忙碌的身影，我这个做孙子的，心中也确实不是什么滋味儿。

　　总得想个法子让奶奶乐一乐呀！否则，奶奶忙坏了身子可怎么办？

　　一天晚上，我从书包里拿出一张骑车申请表让奶奶签名。奶奶听明白我的意思后，长叹一声道："嗨！我连学堂门槛都没迈过，哪会签什么字呀……"

　　我真没想到奶奶连自己的名字也不会写！我不由自主地望着奶奶的手——多么灵巧的一双手啊！做鞋、绣花，样样都会，偏偏不会写字！我一把拉住奶奶的手说："奶奶，我教您写！"奶奶听了，吃惊地看着我——忽地，她眼睛一亮："好，好，你教我。"只用十来分钟的时间，奶奶便会写她自己的名字了，真不愧是巧手奶奶！我又重新递上申请表，只见她不慌不忙地在表上写下了"汤夕英"三个字。虽然字并不太规范，但也不缺胳膊少腿。我歪着脑袋，左看看右看看，不由地笑了，一旁的奶奶眯着眼睛也笑了。我终于见到奶奶笑了！

　　打那以后，我每天放学做完作业，就教奶奶一些常用的汉字。奶奶呢？哈哈——乐着呢！特别是她戴上眼镜一笔一画的认真样儿，还真有点让人忍俊不禁！

　　从此，我家的欢声笑语又回来了……

097

学 飞

耿树强

　　我一看到在空中飞翔的鸟儿，便回想起了一件有趣的事情。小的时候，我一看到在天空中自由自在飞翔的鸟儿，就非常羡慕，我想：什么时候才能像鸟儿一样上天旅行呢？

　　有一天，我和表妹在奶奶家的院子里玩耍，听见"叽叽喳喳"的声音，我闻声望去，原来是几只小鸟在叫，我在它们身边拍了一下手，它们就"扑扑"地飞走了，我学着它们的样子，把胳膊上下摆动，想飞起来上天旅行，可是，我的身体太重，一点儿也飞不起来，便停了下来。想着想着，我便想起了飞机起飞时，前面的螺旋桨越转越快，然后："呼"的一声就上天了。我想：我也用飞机的这种方法，不是也能飞上天空吗？

　　我来到一棵大树下，一圈又一圈地围着树转动，越转越快。这时，我头昏眼花，分不清东南西北了。我想可能是要飞了，便暗暗对自己说："一定要坚持住。"可是，转了半天脚还在地上，没有飞起来。这一看，手还抱在树上，就把手松了。我满以为只要把手松了，便可以上天旅行了。令我没有想到的是手一松便跌倒在地，头上还撞了个大包。

　　后来，我终于明白了鸟是生物，身上长满了羽毛，羽毛有浮力，这样鸟儿才可以飞起来，而飞机是机器，依靠螺旋桨才能飞起来，虽然我的头上撞了个大包，但我还是非常高兴，因为我又学到了一些知识。

自信的帆

徐子晴

我愿是一片树叶，叶落归根，让我的生命与寂寞的大地相依；我愿是一朵浮云，随意而飘，与辽阔的天空做伴；我愿是一块泥土，随处可见，悄无声息地孕育着新的生命。

无论我是什么，我的生命都将轻捷而又骄傲。

阳光总是沐浴着盛开的花朵，大海总是汇聚了奔腾的小溪，天空总是少不了云朵的陪伴。

站在风口，总是害怕成为那个顶风的女孩，殊不知有多少人对于她还是一个遥不可及的梦。这也是对"身在福中不知福"最好的注解吧！

曾经跌倒在人生的荆棘丛中，伤心欲绝，但我想起了一句歌词："不经历风雨，怎能见彩虹？"是呀，谁能在阳光明媚后见到彩虹？

曾经跪倒在可畏的谗言之下，我的心碎得像打碎的玻璃。但丁的那句话鼓励了我，"走自己的路，让别人说去吧！"是的，把流言蜚语当作耳边清风，于是，顶住压力，坚强地继续前行。

我曾在人生的道路上迷茫不已，让一头秀发飘逸着风的线条。"莫等闲，白了少年头，空悲切。"岳飞的这句话引导了我。人生如此美好，怎能虚度？很快，北方的天空已升起一颗好亮好亮的星星，在深蓝的天空中如宝石般耀眼。

前行是勇敢者挑战困难的决心，只要全力以赴，成功便唾手可得；前行是强者向上的动力，只要一心一意，胜利便不期而遇；前行是智者忠贞不渝的选择，只要坚持到底，明天将更加美丽。

风在吹，云在荡，我的思绪在飞扬。仰面朝天，有耀目的阳光，折射出绚丽的七彩，透明的歌声划过指间，有岁月的流逝，嘴角扬起微微的弧线。我不是沉溺，是享受。为了美好的明天，扬起风帆前行！

099

第三部分 妙妙小豆丁

醉 酒

沈 莲

暑假的一天，我喝醉了！

这一天，我正在为自己剩下的两篇文章发愁，可我冥思苦想，却始终下不了笔。

突然，我想起唐朝诗人李白，他常常在喝醉酒后写出流传千古的名诗佳句。你看，"君不见黄河之水天上来，奔流到海不复回"，"长风破浪会有时，直挂云帆济沧海"，多么奔放啊！对。我也要学李白，喝醉酒写文章。

于是，我从酒柜里拿了一瓶啤酒，拧开盖子，毫不犹豫地喝了一大口。哇，什么味儿？呛得我直咳嗽。我吓得赶紧把酒放好。这又苦又涩的味道，怎么会让李白如此痴迷呢？可能是我还没喝醉吧？我下定决心，再一次拿起酒瓶……虽然那滋味仍然让我难以忍受，但想到能写出好文章，我还是硬着头皮连喝了几口。喝完后，我伸着舌头，喘着大气，喉咙和肚子像着了火似的。

过了好一会儿，我忽然觉得眼前的事物变模糊了，放酒瓶时还差点儿把酒瓶打碎了。然后，我不知不觉地走到床前，觉得脚下飘飘欲仙的，一下子倒在床上……

告诉你们，到现在爸爸妈妈还不知道这事呢！

第四部分

暖暖品炫色

　　飘零的柳絮，尽展春日的繁华。你看，那河边的嫩柳在春风里娴静地伸展着胳膊，似乎在表现她婆娑、袅娜和妩媚的姿态。犹如一位美丽的新娘，在梳理自己的彩衣。柳儿，渐渐地绿，春儿真正走来了，那绿叶儿，惹得东风疯狂地吹着欢愉的口哨，好一幅醉人的春景图，好一部引人入胜的春天进行曲。

　　春天进行曲中，柳儿开始了旅行。

——李敏《旅行进行曲》

爱让我们有力量

于恒丰

父母爱我们，老师爱我们，朋友爱我们，我们生活在爱的世界中，被满满的爱包围。爱让我们的心灵得到净化的同时，也让我们学会了发现爱，感受爱，并把父母、老师、朋友给我们的爱，传递给需要爱的人，传递给需要爱的地方。因为我们知道，爱是震撼心灵的秘密，有爱，干裂的心灵就会生出美丽的花朵。

有一次，我看见了一篇文章：在一个高原上，住着一个老猎人，他打猎回来，看见有一只藏羚羊在他的房子附近转悠，他很开心，于是他举起了猎枪，藏羚羊立刻逃了起来，他追了过去，步步紧逼，把藏羚羊追到了悬崖边，眼看已经无路可退，他便准备向藏羚羊开枪，就在这时，那只藏羚羊突然跪了下去，猎人很惊讶，想收手，可是已经来不及了，子弹已经出膛，直直地穿过藏羚羊的头颅，可那只藏羚羊至死都始终保持着那个下跪的姿势。猎人很好奇，但是打到藏羚羊的欣喜已经超过了他的好奇，他把那只藏羚羊扛进了家里，当他剖开藏羚羊的腹腔时，他呆住了，那里有一只小的藏羚羊，猎人被母爱感动了，回想起母亲对他的爱，从此再也不打猎了。

母爱是一缕阳光，让人的心灵即便在寒冷的冬天也能感受到温暖如春，母爱是一泓清泉，让你的情感即便蒙上岁月的风尘仍然清澈澄净。我终于明白了，母爱让我更有力量！

学会保护自己的家园

李欣格

　　"嘟、嘟、嘟……"来来往往的汽车在马路上奔跑着，"屁股"在不停地排放着废气，除了汽车尾气还有浓烟，这些被排放的二氧化碳破坏了大气臭氧层，使地球越来越热。塑料快餐盒等大量塑料制品，也因为不能被回收扔得到处都是，对生态环境造成破坏，对人类产生很大的危害。

　　有一次，我在书上看到了一幅这样的漫画：一个盗木人去砍树，一只啄木鸟停落在这个盗木人的头上，说："这段木头里一定有虫。"其实，这只"虫"不是在木头里，而是在这个盗木人的大脑里。人们乱砍滥伐，使森林资源被破坏，自然已向人类亮出了"黄牌"。近年来，沙尘暴天气越来越多，洪水泛滥。一些饭店老板、快餐店等餐饮业购买一次性筷子。这些都是从森林里砍伐来的树木，是人们用来抵挡洪水的树木。他们没有想过如果没有大树的遮挡，我们哪儿来的荫凉；如果没有大树提供给我们氧气，我们就不能生存在这个世界上。如果人类再这样乱砍滥伐，破坏环境，洪水就会"得意忘形"，人类也将会灭亡。

　　现在，各种颜色的塑料袋漫天飞舞，这些白色垃圾随处都可以见到。看到这情景，我真是为那些随意扔垃圾的人们而失望，我们都知道把这种可恶的"白色垃圾"埋进土里一百年也不会烂掉。

　　唉！人类啊，赶快醒来吧！为了美好的明天，珍惜现在的每一口空气，把工厂的数量尽可能减少，工业废气也会随之减少；倡导步行，少用汽车，我们还要多植树造林，森林不仅能呼出新鲜空气，还能净化空气；要制止乱砍滥伐森林的行为，要少破坏大自然；不要滥用各种资源，如煤、矿、森林、水……如果这些资源被无止境地开采，必定会形成各种资源的枯竭，当没有资源时，我们就无法生存了。不要浪费水资源，虽然表

面看起来地球上大面积都被水覆盖，可是能用的却不到十分之一，许多城市严重缺水，所以，我们要节约用水。让我们一起保护地球，让地球母亲恢复自己的容貌。

只有这样，我们的地球母亲才会健康长寿。环保与我们的生活息息相关。"勿以善小而不为，勿以恶小而为之。"保护环境正要从点滴的小事做起，为了保护地球，我们每个人都要从自己做起，从小事做起。

差别的境界

马　兰

四合院里，对门的两家各有一个小女孩：秦佳佳和李晓晓。正像她们的名字一样，佳佳是大家公认的样样都好的孩子，而晓晓呢，则啥事都"小"：个小，胆小，心眼小。大家都说，这俩孩子差别太大了。

可不是，每天放学后，佳佳总是走东家，串西家，左一个"奶奶好"，右一个"阿姨好"；不是给东屋的刘奶奶讲学校里的新鲜事，就是给西屋的张阿姨表演新学的舞蹈。"佳佳太聪明了！""佳佳跳得真好！"每天这样的称赞声不绝于耳，佳佳美滋滋的，小脸笑得像花一样好看。

晓晓呢，大家差不多把她忘了。她不爱说话，除了见面向大人打声招呼外就不再多说些什么。闲下来的时候，她会在屋里帮着大人打扫打扫卫生，要不就洗洗较小的衣服。下雨的时候，她踩着小板凳踮着脚尖把各家晒在院里的衣服收下来，然后悄悄地放在各家的门前；李奶奶的炉子总是忘记关，晓晓就时常去看看，把蜂窝煤换好，把炉门关严。下雪天，各家门前总有打扫干净的可走小道；取报纸的时间到了，各家门前整齐地摆放着自己的报刊和信件……

大家似乎都不太在意有谁给自己提供了这么多方便，即便偶尔有人感到奇怪，刮风时谁把自己的窗户关好了呢，他们无论如何也不会想到晓晓，这个整天不言不语、柔柔弱弱的小丫头。提起晓晓这个名字，也多是和佳佳比较的时候。

佳佳与晓晓总是有差别的，不会因年龄的增长而有什么变化，直到她们长大，院子里的人们总是用这样的眼光看待她们："佳佳就是佳佳，晓晓始终是舌头舔鼻子——差一截呀！"是啊，在大家的谈论中，佳佳考上了省重点舞蹈学院，而晓晓却上了普通师院。将来佳佳要当舞蹈演员，要出名；而晓晓只能是个拿死工资默默无闻的教书匠。

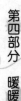

大家都这样想，可晓晓心里却明白得很，自己将来要到山区当老师，山区的孩子需要文化，祖国的未来需要知识。晓晓并不在乎大家所谓的"差别"，她想的是，世界之大，人人都有差别，若没有差别，世界将变成一潭死水。但她更清楚，差别有时并不总是缺陷，自己与别人的差别或许正是自己独特的一面。

不同的人，人生追求是有很大差别的，而其差别的境界也是悬殊的啊！

窗　外

孙菲瞳

　　窗外的景色随着季节不同而变化着。每一个季节，窗外的景色都变得有所不同。春有春的生机盎然，夏有夏的迷人风采，秋有秋的凉爽，冬有冬的银装素裹。

　　冬去春来，一眨眼春天来到了。我站在窗前，向外望去。窗外，小河像唱着歌谣一样"叮咚，叮咚"地一路唱下去。小草也从土地里探出头来，东瞅瞅，西望望。岸边的柳树冒出了嫩芽，细长的枝条在微风中轻轻摇荡。桃花也感受到了春的到来，有的含苞欲放，好像马上就要绽开似的；有的露出粉红的笑脸，把自己化作一抹晚霞。花的香气引来许多蝴蝶和蜜蜂，在花丛中飞来飞去，好像在捉迷藏。蜜蜂忙得不得了，一会儿飞到这朵花上，一会儿飞到另一朵花上。春天，是一个生机盎然的季节。窗外的春天，令我迷恋。

　　这时，再看看窗外，已经是夏天了。窗外，树木变得更加翠绿，茂盛，都快碰到窗户上了。花朵们一个个更是娇艳美丽，都争先恐后地表现着自己。向窗外看，人们都撑起了五彩缤纷的遮阳伞。虽然，我只能看到窗前的夏天，但这些已让我满足了。

　　现在的窗外已经不是那么美丽了。树叶变成了黄色，随着风翩翩落下，像是一只只飞舞的黄蝴蝶，落在地上。秋天，那凉爽的风打在了窗上，我想燕子们是否飞向远方了呢？明年的春天它们还会来吗？……

　　冬天悄悄地来了，现在的窗户已被一层薄霜覆盖，像白色的窗帘。我用手擦去玻璃上的霜，向窗外望去。地面上被铺上了一层雪白的地毯，房子上也裹上了一层白色的外衣。枯萎的树干上也挂满了雪，近处的树看起来像银色的丝带，真是"忽如一夜春风来，千树万树梨花开"呀！远处的树真像是老爷爷的白胡子。咦？外面下起了大雪，大朵大朵的雪花在半空中你追我

赶，像一群顽皮的小朋友，忽而向右扑去，到处银装素裹，好一个粉妆玉砌的白色世界啊！原来，窗外的景色如此美妙啊！窗外的雪越下越兴奋，在天空中翩翩起舞，丝毫没有停下来的意思。

窗外的景色如此美丽，让我永远记在了心里。

风是怎样的

林永琴

风是无法捉摸的，她来去无踪，永远给人神秘的感觉。

风的性格是多变的。春天，她是温柔的，用轻轻的手抚摸你，仿佛妈妈的手；夏天，她是善良的，在炎热的日子里，她会为你带来凉爽；秋天，她是爽朗的，你可听到她清脆的笑声，像一群天真烂漫的孩童，在追逐玩耍时发出笑声；冬天，她是冷酷的，她用那呼呼的声音，去刺痛每一个人，像刑台上的刽子手。

风——她像一个不羁的旅客。你能探听到她的秘密吗？不，不可能的，因为她根本没有踪影，她喜欢无拘无束，自由自在。

风——她可曾为什么事牵挂过吗？她会伤心吗？她会寂寞吗？我想，她是永远快乐的！我愿像风一样，不受任何事情束缚，不受尘俗的世事烦扰，不为任何事伤神……

109

风是个神秘的访客，她好像驻足过，但又好像从未来过。她究竟是怎样的，你能告诉我吗？

第四部分　暖暖品炫色

给自己点一盏灯

刘思佳

从小我就有无限的梦想，可是别人说那离我太遥远。只是在我幼稚的心里，还一直在奢望梦想奇迹的出现。时光将我一步步地推向少年，少年时的我更接近于成熟，我明白了现实与梦想之间的差别。我再回想起儿时的梦想时，只是觉得那是一些无稽的谈资，谁也不会再说，我还会延续着我的梦想。长大了以后，梦的弦断了，它飘进了无边无际的海洋，去了哪儿？连自己的灵魂也不知道。

有人说，这是成熟的象征。可是有了成熟，我为什么会对过去的生活更加迷茫？为什么会在前进的道路上失去方向？那是因为前方还没有一盏前进的灯，我只是一个迷路的孩子，找不到路的方向。于是，我为自己点燃了一盏能在自己失去方向时为自己指明道路的灯。

我的梦呢？丢了吗？如果丢了我要把它找回来，将它擦干净了，它还会发出熠熠的光辉。我把它挂在前进道路上的远处抑或是终点。只要我看着它，心里便有了奋飞的希望。

制订一个目标，哪怕这个目标是缥缈的，也应该让它在我前进的道路上亮着。至少说明我还是在看着这盏灯，其实我也是在慢慢地接近这盏灯，它的距离不会是越来越远的，只会是越来越近的。甚至于我也不会再说那是根本遥不可及的，它是现现实实的追求，已经不再是一个"不可触摸"的梦想了。

给自己点一盏灯，也就给自己立下了一个目标，给自己留下了一份真切现实的希望。我成功了也好，失败了也好。在这盏灯的面前，我只会对人生的灿烂更加向往，我不会感到人生的无奈，这些无奈与痛苦就是道路两边的花朵，它们也会为我的生命奉上一份色彩。

从现在开始，给自己点一盏灯，让它指引我前进，我也可以拿着这盏灯，慢慢地忘却生活中的不如意，因为我已经有了一份追求，我会将我全部的精力与心血放在这盏灯上。

我的面前有一盏灯，明亮的灯，它指引我慢慢地接近理想。如果没有，我可以用灵魂的翅膀安上。对它微笑，它会回报我一片灿烂的海洋。那只是一盏灯，前进路上的一盏灯，或小，或大，或轻，或重，就在你的把握之中！

构筑蓝天

廉丰竹

　　小的时候，我总是幻想自己能长出一双美丽的翅膀，在广袤的天空中自由飞翔！蓝天充满着迷人的色彩——白云、霞光、彩虹令我心驰神往。我总是面对天空发呆：为什么我们人类没有翅膀呢？每到那时妈妈就安慰我说："会的，你看我们的飞机不是能飞到蓝天上了吗？还有我们的宇宙飞船已进入太空了，只要努力，我们人类的梦想在将来就会变成现实。"

　　可是怎样努力才能长出一双翅膀呢？能飞上高远蓝天的翅膀呢？这个问题一直困扰着我，直到有一天，我在电视里看到一个画面，有只鹰在天空中傲视一切地飞翔着，那对翅膀划出一道看不见却扣人心弦的弧线。这双翅膀如何飞得那样矫健有力？我向妈妈提出了我的疑问，原来鹰的翅膀是经过血淋淋的训练铸造出来的。鹰妈妈为了让它的孩子们能有一双强健的翅膀，在其成长过程中将其翅膀折断，使其不得不忍受剧痛不停地振翅飞翔，使其翅膀不断地充血，不久便能痊愈，而痊愈后翅膀则似神话中的凤凰一样死后重生，长得更加强健有力。听了这感人的故事，我的血一点一点地热了起来。我似乎明白了妈妈说的"努力"二字的含义，它包含着激情、意志、勇气和希望，只有这样，才能战胜翅膀被折断时的剧痛，最终拥有一片属于自己的蓝天！

海边拾贝有感

纪成佳

　　海边，一群孩子在捡贝壳，他们挑着拣着，放进篮子里。离他们不远处还有一个孩子在捡贝壳，他挑着拣着，然后再扔掉，他在寻找心目中最美的贝壳。傍晚，那群孩子捡了满满的一篮子贝壳开开心心地回家了，而那个孩子的篮子仍然是空的。

　　我想，一个人追求完美固然是好的，但过分地追求那就是空想，不切实际的空想，正如那个手持空篮子的孩子一样，海边有那么多既美丽又漂亮的贝壳，在他的眼中却都变得暗淡无光了，他只在心里描绘着自己想要的东西是什么样的，活在自己想象的世界里，他既没有捡到自己喜欢的贝壳，也没感受到大自然带给他的清新和小伙伴带给他的欢乐。那群孩子却不同，他们捡到了自己喜爱的贝壳，也找到了自我。

　　其实，在我们的人生旅途中，我们每个人的手里都提着一个篮子，我们应该向篮子里装些什么呢？是知识、是做人的道理、是太多对我们有帮助的东西。

　　在你紧张匆忙的生活中，哪怕每天拿出很少的时间去多读几页书、多学习一些实用的知识、多留意一些平时不在意的事情，不经意间，你的积累也许就能在关键时刻助你一臂之力，"积水成渊，蛟龙生焉"，不要小看那一点点的收获，或许正是因为这一点一滴的努力，你就会走在别人的前面，那么，你的篮子里就会是沉甸甸的了。

　　罗素说过："世界上并不缺少美，缺少的是发现美的眼睛。"也就是说，我们应该善于观察，用心去感受生活，生活中有很多美好的东西，只要我们肯用雪亮的眼睛去留心观察，我们就会有许许多多意想不到的收获。

家乡——跳跃的美丽

孙　晓

我家乡海口的建筑，有观海楼、观景楼之分。当我站在三亚观海楼的窗前，向外望去，可见碧波荡漾的大海，一浪压一浪，海天一线的美景。晚上，还会看到海上船只的灯光，忽隐忽现，在缓缓地移动着，真是美不胜收。早晨，站在三亚南山寺酒店的窗前，不仅能看到海上观音的尊容，宏伟的佛像建造，还能观赏海上日出的美妙景象，太阳从云彩缝隙中变换地露出笑脸，光线是金色里面透着红色的，太阳的光辉渐渐地扩大，逼近。我在窗前，寸步不离，拿着相机拍摄窗外的晨曦景色……

当我回到海口，站在观景楼的窗前，再向窗外望去，只见条条马路交错，座座高楼大厦相邻，车水马龙，人来人往，还能望见绿地及"空中花园"的花草树木，琳琅满目的热带风景，又是一番别样风情。

当站在窗前望窗外时，不论海上、陆地上、桥上、桥下，都是一道风景线，装饰着人们的幸福生活。可我又想到：站在桥上，观光的人们也会向窗子里的人望去，正是互相点缀着生活的画面，真是一种有机的互动。

窗外的大千世界，又何止我这孩童看到的几眼呢！当我听到电视里讲起韩国以"德育教育"为宗旨，新加坡初级教育也以"德育"为主。这也该算是窗外的事项之一吧！

那我们的国情对初中、小学教育的宗旨，也算是窗前的事吧！

啊！人还会有心灵之窗，那该是眼睛吧！当人高兴与不高兴时都会从眼睛——这心灵的窗口观察到。

这窗前的世界太大啦！它包罗万象，通过窗前，人们不仅能望到一年四季风景之变，如：春风、夏雨、秋叶、冬雪……而且从古至今这窗前变换的万千景象的描绘犹如李白的《静夜思》中写的："床前明月光，疑是地上霜。举头望明月，低头思故乡。"把外乡人思乡的心境，描写得既逼真又深刻。是啊！窗外是一道解不完的习题；窗外也有我们的前途和奋斗目标；窗外有永远望不尽的、想不到的景象，真是"无限风光在窗外"！

我要长大，这美丽的景色会追随着我，跳跃着，一如我美好的未来……

假 如

李鸿丹

亲爱的小朋友，你愿意与我一起翱翔在梦想的天空中吗？如果你愿意，那么，下面就请听听我遇到天使会许些什么愿望吧。

假如我是一只小鸟，哪怕只是一只不起眼的小灰鸟，我也要放声歌唱：我歌唱阳光，因为它给予我生命，同时也给予我温暖；我歌唱森林，因为它给了我家的幸福，家的温馨；我歌唱空气，因为它赋予我飞翔的动力，是我飞翔的依靠；我歌唱天空，因为它是我的梦想，我的追求。无论什么时候，也无论我飞向何方，我都要歌唱，歌唱我的温暖、快乐和祝福。

假如我是一棵小树，哪怕只是一棵弱不禁风的小树苗，我也不会放弃，因为我知道，我总有一天会长成参天大树，成为社会的栋梁！到那时，我就会感受到为人们遮阳纳凉的风采，我也会感受到为世界奉献清新空气的满足，我更会感受到抵抗风沙的壮丽与自豪！

假如，噢，我是说假如，我是一只苍蝇，是一只苍蝇王，我就会召集全世界所有的苍蝇，告诉它们，不要再传播疾病了！我们要像蜜蜂、蚂蚁那样，干出一番事业，为人类做贡献！我们不要再吃人类的食物了！改吃枯叶、枯草。违反者决不轻饶它，罚它一百大板。

假如，我是一名科学家，是一位举世闻名的科学家，我一定会解开前人所没有解开的谜题：世上还有没有外星人啊，世上有小人国吗？……我还会发明一些高科技的产品，如可以吃的衣服啦，不怕水、火的书啦……总之，我要为人类的科技进步，为祖国的未来做出巨大贡献！

是的，这些还仅仅是假如，可我相信，今天的想象会成为幸福生活的摇篮，今天的想象就是未来的希望，今天的想象就是明天成功的翅膀。正所谓"心想事成"，你说呢？

快乐就在身边

—— 《做个快乐的少年人》读后感

杨彤阳

"我是否快乐？"我朝镜子质问自己，望着镜子里那个人怪怪的神态，我知道自己是不快乐的，脆弱的。常常是一个"晴天霹雳"就把自己变成一个无精打采的人。自己也无所适从，为什么没有人了解我？

无意之中，我结识了这位心理医生——《做个快乐的少年人》，发现作者安德鲁·马修斯似乎一直在观察我，把一个活生生的杨彤阳写进了书里。从那以后，我不断地发现，我本是快乐的，是我选择了不快乐。

刚开始，我还以为只是本小说，从书架上拿下来看一看，谁知道它的作者是一位从多方面解剖读者的心理医生，甚至超越了医生，他将那些复杂的事情用如此简洁轻松的方式表达出来，一针见血，我非常感谢他！

那么，就请听我讲吧。每个人都有自己的不快，甚至因为自己的眼睛、鼻子就皱起了眉头，为什么你不能从另一方面来看待这一件事呢？那虽是你的烦恼，但是，说不定这就是你的一大特点呢，因为你与众不同。在这一方面，你可以看看书中的果壳妙语，那会使你茅塞顿开，遇到不顺心的时候，试着发现自己的那点本质的东西，我相信效果是非常显著的。有时候，在学习上，总是达不到自己理想的成绩是非常烦恼的。但当我看完了这本书之后，我看清了自己，看透了生活在于你自己是快乐的。

让安德鲁·马修斯送你一句话吧：你生活中的晴天霹雳其实也不算什么，它只是一种处境，等待着你的是对它改变看法。那么你也做个快乐的人吧！

快乐行文

肖天策

在我的成长过程中，经历了许多快乐的事，最使我快乐的莫过于写文章了。

和文章交朋友

一年级时的一天，我捧着自己画的小金鱼给妈妈看，妈妈的眼睛笑得眯成一条缝说："你画得可真漂亮，能不能用语言文字描绘一下呢？"我毫不犹豫地大声说："好！看我如何把这只小金鱼描述下来。"我写好后给妈妈看，妈妈笑了说："对于刚上学的你来说写得很好，妈妈明天奖励你一本书。"这可把我乐坏了。从此我对文章产生了浓厚的兴趣，迷恋上写文章。文章就像我的朋友，陪伴着我。

第一次发表文章

看见书刊上的精美文章真是羡慕极了，我想能在书刊上发表文章那多好呀！我怀着渴望的心情继续写文章。有一天妈妈送我两只十分可爱的小乌龟，我就认真观察，然后写了下来。妈妈鼓励我把这篇文章投到《作文与考试》上，很快，我的作文发表了，并且还有稿费，我兴奋得不得了，妈妈亲切地说："这稿费是你用自己的劳动换来的。"那一刻的快乐我无法形容。

从此我对作文的兴趣越浓，我的作文水平提高就越快。

写文章快乐无穷

学校要举办一次征文大赛，我第一个交给了老师。老师说："有把握吗？"我坚定地说："我有信心，有把握。"老师高兴地对我微微一笑。过了两天，我的文章被贴在展板上，每一个同学都去看，我感到无比的快乐，因为，写作不但给人自信，还可以和更多的同学们一起学习，一同进步，分享成功的快乐。

文章包含了许多的快乐。只要你用心去体会、用心去感受生活，把你的所思所想、所见所闻及生活中的点点滴滴记录下来，这本身就是一件快乐的事。

泪的重量

黄颖芝

　　汶川有三滴眼泪，重得没有人承受得起！它砸落在本来平静的土地上，瞬间，地动山摇，撼动了人心最脆弱的部分。

　　第一滴眼泪给孩子。

　　孩子们从泥板缝隙投出的恐惧、无助与惊慌的眼神，让人揪心地疼，那摇动的小手和虚弱的呢喃是他们对生的渴望，面对他们，我们只能背过身去，擦干泪痕。

　　在帐篷里，他们问每一个来看他们的叔叔阿姨："你见到我爸爸了吗？""你知道我妈妈在哪里吗？"心理学家们让孩子画一幅画，几乎所有的孩子都画了一座房子，里面有自己，还有爸爸妈妈，孩子们说："我想爸爸妈妈了。"心理学家们都转身跑出了帐篷，默默流泪。

　　这场灾难，让他们成了孤儿，让他们失去了应有的疼爱，他们一遍一遍地告诉别人自己父母的名字和手机号码，一次次地跑到帐篷外寻找父母的身影，一声声地问带队的叔叔为什么妈妈还没来接他回家……这些场景是这滴眼泪映现的，而这滴眼泪，谁可承担？

　　第二滴眼泪是给在灾难中保护他人的。

　　在生与死之间，每个人都会选择生，因为这是本能，可在自己生存与别人生存发生冲突而选择让别人生的人，是伟大的。在巨石砸下时躬身保护孩子的老师，在墙角边用身体为孩子留一席空地的父母，他们因这场灾难而伟大，他们用生命的陨落告诉人们什么是高尚的人格魅力，什么是爱。可这份爱太贵重了，看着一位女教师死死地抱着孩子，任人怎么拉都拉不开，最后只好锯掉她的双手时，我分明听见血滴下来的声音，那似乎已超出眼泪的范围。

　　这滴泪，谁又能承担？

第三滴泪给我们最可爱的人。

当接到命令冲往救灾一线时，他们在想什么？当他们背起跳伞，签下遗嘱时，他们又在想什么？当他们累得已经躺在担架上还在喊着"求求你，让我再救一个人！"时，他们到底在想什么？是什么，让他们愿用生命做抵押，不顾一切地救人？

或许，这滴眼泪，流得才最安心，然谁又敢承担？

这三滴眼泪是滴在汶川那破裂的狰狞伤口上的，它重得要靠十三亿人才扛得起，它重得要一个国家和民族全力付出才担得住，那么，它到底有多重？其实，我们十三亿人都知道。

"隆中"新对

万 洋

隆中，山不高而秀雅，林不广而荫翳，泉不深而宁静。

夜已深，寒风阵阵。

草庐中，侍童抱着披风站在窗边良久，他望着诸葛先生。先生的表情很怪：像是在期待又仿佛是在思索，又好像什么都不是。但侍童知道先生在考虑一件重大的事情，所以他不敢也不便打搅。

先生今夜与往常不太一样，是因为白天那三人的造访？先生不是已借口回避了吗？那还在想些什么？

"先生。"侍童忍不住轻声唤道。

"明日有雪！"先生从沉默中醒悟，似对侍童又似自语。

"明日不知那三人是否还会来？"侍童一边说，一边为先生披上披风。此处幽僻崎岖，下雪更无路可行。

先生不语，他看了看蜿蜒小径，踱回案前，挥毫一"慎"字于帛上。

翌日晚，满山银装，果然是场大雪。

先生显得有些不平静。昨日那三人又来，而先生仍旧不见。那三人在风雪中伫候，其诚意令人感动。

侍童不明白，先生有经天纬地之才，不该也不会在此草庐久卧，深谋远虑、胸怀大志、礼贤下士的明主贤君一直是先生所求，而今汉左将军刘备亲访求见，先生却一辞再辞。这明明是个机会，先生却视而不见，到底为何？

侍童想了片刻，开口道："先生，若此三人明日再来，弟子是否当面回绝？"

先生眉头微皱，问："回绝？为何？"

侍童道："先生既不愿见那刘备，不如就此回绝他，免得麻烦！"

先生一愣，继而明白了侍童的心思，道："你是在怨我这两日避而不见？你认为我应该应允刘备之求？"

侍童道："天下大乱，群雄四起，先生必将于乱世智平天下！今曹魏虽中原崛起，气势十足，东吴仲谋也借长江天险虎视天下。但刘备为人仁义是有目共睹，也是当世英雄，况他此时求贤以图发展，若得先生之助更如虎添翼，得天下亦为情理之中！这是难得的机会啊！"

先生看着窗外纷纷扬扬的雪，淡淡一笑，叹道："你呀，不懂！"

侍童不言语。的确，他不明白先生到底在想些什么！

先生放下手中的书，起身走进卧房，侍童上前瞅了瞅书，原来是《史记》。

第三日，天渐晴。

刘备三顾，终得见孔明。侍童松了口气。

草庐中先生与刘备谈论良久，侍童感觉先生从未如此畅快过，他明白先生即将大展宏图。

先生欲行，侍童心中有些失落，还有些疑惑。

先生道："你还怨我没有早点把握机会？"

侍童摇了摇头，道："先生自有道理！我只是不明白，先生其实早有归随刘备之意，却为何要如此反复才应刘备之请呢？"

先生沉思片刻，道："纵然机不可失，但身逢乱世，不能不谨慎。我之所以让刘备三顾草庐，无非是试探其心其意其诚！逢机会而不盲从，得机会而能慎取，这才是智者之为啊！"

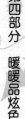

旅行进行曲

李 敏

冬去春来，柳絮在春风的帮助下，开始了它又一季的旅行；岁月如歌，游子在母亲的思念里开始了他又一次的旅行；众多学子在恩师的陪伴下，开始了十年寒窗的求知旅行。

不同的人，用不同的心谱写了一曲曲动人的旅行进行曲。

——题记

春天进行曲

飘零的柳絮，尽展春日的繁华。你看，那河边的嫩柳在春风里娴静地伸展着胳膊，似乎在表现她婆娑、袅娜和妩媚的姿态。犹如一位美丽的新娘，在梳理自己的彩衣。柳儿，渐渐地绿，春儿真正走来了，那绿叶儿，惹得东风疯狂地吹着欢愉的口哨，好一幅醉人的春景图，好一部引人入胜的春天进行曲。

春天进行曲中，柳儿开始了旅行。

望月进行曲

穿过大街小巷的尘埃，他独自踏上异乡的征程。在母亲万般的关切中他走出了熟悉的小屋，背上行囊，开始了自己生活的旅行。陌生的灯光下，他望着远处的高楼大厦，这是他和兄弟们一手建成的，他似乎觉自己很伟大，因为美化城市的工程离不了他。

累了一天，拖着疲惫的身躯，他走向了冰冷的宿舍，秋高气爽的夜，他却觉得寒冷。今夜又无眠，一轮朦胧的月儿温柔地照着，可他固执地认为，这月没有故乡的明，因为故乡的月让他温暖，让他在不眠的夜安然入睡。可异乡的月真的让他难受，让他无法入睡，让他心伤。

黑夜里，他孤独地遥望星空，稀疏的星儿伴着凄凉的月儿守候夜的宁静，他静静地望着，想着……

读书进行曲

知识的海洋无边无垠。曾几何时，她开始了求知的旅行。但那通往知识的道路犹如山路十八弯，越往上去越崎岖不平。纵然如此，她仍旧坚持自己的旅行。埋头于书山题海，她可以静坐整日，随书畅谈美好未来。在书中，她找到旅行的快乐，感受成功的喜悦，书让她平凡的生命变得韵味无穷。

一本书，一间宁静的小屋，她开始了旅行，读书进行曲静静地流淌。

125

快乐的时候，让笑声旅行；失望的时候，让希望旅行；绝望的时候，让心儿旅行，聆听不同的旅行进行曲，你会快乐的，一定会，我深信。

妈妈的爱

施 艺

我是一只不知天高地厚的小鸟，飞啊飞，飞得再高再远也飞不出妈妈那宽广的胸怀；我是一个小淘气鬼，总让妈妈的嘱咐陪伴左右；我是一个决心要翱翔天宇的风筝，有那么一根线，看也看不见，但它是从母亲的心头抽出，时放时收。

早上，妈妈早早地起床了，做好早餐，她守在贪睡的女儿身边，是叫醒她还是让宝宝再睡一会儿？有时，我早醒了几分钟，不愿离开温暖的被窝，就故意眯着眼睛装睡，从眼睛缝里看到慈祥的母亲正坐在床前，和蔼地看着我，一手帮我拉了拉蹬掉的被子，另一只手慈爱地抚着我的头发，眼中充满了关爱，那种神情我永远不会忘记。

"谁言寸草心，报得三春晖。"随着年龄的增长，我懂得了要体谅妈妈，懂得了要回报母亲的爱。一次，妈妈买回来一种不常见的水果，价钱贵得惊人，由于数量不多，妈妈说："孩子，妈妈不爱吃，你吃吧！"我接过来，洗了洗，咬了一口，真好吃！滑滑的，嫩嫩的，香甜可口，过齿留香。我看见妈妈正冲着我的馋样一个劲儿地笑，便说："妈妈你也吃吧！"妈妈摇了摇头。我突然有了主意，故意装出很苦的样子，对妈妈生气地嚷道："哎呀，难吃死了，呸。"妈妈连忙走过来，尝了一口，我高兴地拍手叫道："妈妈吃了，妈妈吃了！"妈妈看了又笑了，用手指点着我的小脑袋，怜爱地说："小坏蛋，净是傻主意！"这时，我哈哈大笑。

笨拙的笔写不完母亲的爱，瞧，妈妈正端着一杯热气腾腾的牛奶，笑盈盈地走了过来……

美好的生活

赵思盈

一个星期天的傍晚，上了一天课外班的我十分疲倦。我已是六年级的学生，生活中的大部分时间都被繁忙的课程紧紧锁住了。玩耍，已成了遥远的话题，再没有童年的自由了。我伫立在窗前，看着最后一丝余晖消失于天际。

突然，我的目光定格在楼下的小区空地上。那是小区中的几个孩子，刚刚吃完饭，便不约而同地来到院子里玩。他们中间，最小的4岁，最大的也只有7岁。

一些稍大的孩子们，不知是从哪家借来的麻绳，当大绳跳了起来，交叉跳，串糖葫芦，集体跳……他们玩得兴致勃勃，有的甚至连鞋带开了也无暇顾及。一些女孩子则跳起了皮筋，还有那稚嫩的声音："二八二五六，二八二五七……"而那些较小的，就跟着哥哥姐姐们跑，有的在一旁傻傻地看，有的学着骑马的样子，在院子里跑，嘴里喊着："驾！驾！"

玩儿累了，他们就围坐在一起，玩起了丢手绢，"丢啊丢啊丢手绢，轻轻地放在小朋友的后面……"多么熟悉的旋律，有谁不曾被它感染过呢？

欢声笑语响彻云霄，就像一首动听的歌。

刹那间，我沉睡已久的记忆被这动听的歌唤醒了。我想起了那段美好的日子，想起了令我终生难忘的快乐的童年。

那时的我不是很懂事，每天只知道玩。总是偷来妈妈的纱巾，系在头上，像个小仙女一样和朋友们在院子里疯跑，不知疲倦。

也许别人会认为我十分幼稚，但我觉得，那是我们童年时应有的天真和可爱。而如今，那只是一段回忆了，我们再没有机会那么自由了。童年，它

127

第四部分 暖暖品炫色

就像一轮红日，当你想去体会它时，它却变成了无限夕阳；童年，它就像一朵鲜花，当你想去感受它时，它却化作春泥更护花；童年就像一颗流星，当你想要细细观赏它时，它却一眨眼划进了银河中……

　　我靠在椅子上，进入了梦乡，在梦里，我回到了无拘无束的童年……

梦想没有有效期

楚天雨

梦想，既非时间所能改变，亦非时间所能磨灭：心若在，梦就在，有梦想就要坚持到未来。

因为梦想着长成参天大树，一棵娇嫩的幼苗有了坚忍不拔的意志；因为梦想着拥抱大海，一股涓涓的细流有了锲而不舍的毅力；因为梦想亲吻蓝天，一只毛毛虫有了破茧成蝶的勇气。人要有梦想，就像参天大树不能没有坚固的根基，地球不能没有灿烂的阳光。

比尔·盖茨从小志向远大。上四年级时他就对自己的好友说："与其做绿洲中的一株小草，不如做秃丘中的一棵橡树。"和许多孩子一样，他也梦想着成为人中豪杰。多年以后，比尔·盖茨长大了，但时间并没有改变他对理想的追求，最终，他创造了自己的微软公司，实现了儿时的梦想。

著名的高尔夫球运动员泰格·伍兹小时候家里很穷，当他看到有史以来最伟大的高尔夫球运动员尼克劳斯的电视节目时，他的心被打动了，他立志要做一名职业的高尔夫球运动员。由于家里穷，买不起高尔夫球和球杆，泰格·伍兹的父亲给他做了一个球杆，然后在空地上挖几个洞，当起了训练场地。最终，他成了史上最成功的高尔夫球手之一，并且成了年收入最高的体育明星之一。

夸父追日的梦想，得到了与日月同辉的永恒；屈原追求自己的梦想，得到了世代难忘的悲凉；毛泽东追求自己的梦想，得到了一代伟人的无限辉煌。由此可见，一个人不能没有梦想，梦想使生命的价值得以体现，使短暂的人生成为永恒。

梦想，是人生路上的一缕阳光，无论何时，无论何地，它都能照亮路的前方。朋友请相信：梦想没有有效期！

129

第四部分 暖暖品炫色

明天的遐想

刘和儒

夕阳的余晖泼洒在大地上，为大地镶上了一层金色。独自走在大堤上，听见风从耳旁轻轻掠过的声音，看树叶儿随风飘荡起舞。这无比美好的黄昏，是否会随时间的推移而改变？风，悄悄地，激起我思绪的涟漪。

也许在未来的某一天，我独自一人，于同样时刻的黄昏，漫步在地球的另一个角落，风依旧，树叶依旧，只是多了大片的薰衣草花海，和被浪漫、温馨洒满的咖啡厅。

是的，我向往那个浪漫的国度。她有着悠久的历史文化，有着充满魅力与活力的普罗旺斯，还有令所有人都为之痴迷的埃菲尔铁塔。如果能亲历她的风采，我想我也就没什么遗憾可言了。

未来是一张空白的纸，得由我们自己用红、橙、黄、绿绘上色彩斑斓的图画。我的未来呢？或许如彩虹般灿烂，令人羡慕，或者只是平凡，听不到他人啧啧称赞的声音。话虽如此，但我还是要说出我的梦想：做一个颇负盛名的translator，畅游法国，甚至周游世界。

明天是多变的，是一个问号，未来的命运还得自己谱写。尽管我把明天描绘得近乎完美，可是不努力去奋斗，明天被憧憬得再美好，也只是阳光下光亮的肥皂泡，瞬间便消失了踪影。

张扬在《我的哈佛日记》中写下了这样一段话："今天是礼物，这也是为什么我们把今天叫作礼物，也把礼物叫作今天。""今天"是上帝送给人类的礼物，"今天"充满了希望，"今天"闪耀着迷人的光芒。但"今天"同时也是短暂的，我得好好把握今天，做好该做的事、必须做的事，把"今天"的每一分、每一秒都视为金子一般珍惜，为美好的明天铺就一条宽阔的道路，也使我的今天不落下丝毫遗憾与愧疚。

晚风迎面吹来，好凉。掠过发际，飘向水面，拂起一圈圈波纹。我看着

那优美的圆圈，似乎一跳一跳地向远处延伸，延伸，直到又回到河水的怀抱里。此刻的心情好复杂，对明天充满了期待，却又多了几分恐惧。真想透过时光机，看看未来的一切，看看我脑海中所勾勒的美好明天。

昨天已变成历史，被尘封在布满灰尘的书架里；明天还被蒙着一层面纱，让人猜不透完美或者残缺。历史不可重写，但明天不一样，也许努力后，也许经历磨难后，"已定"的明天会成长，成长为参天大树，树上挂满了成功的累累硕果……

大胆去追逐吧！相信撒满了汗水的"明天"才会是与众不同的"明天"；尽力付出过的"明天"，才会被鲜花和掌声簇拥……

第四部分 暖暖品炫色

明　天

马震宇

　　"燕子去了，有再来的时候；杨柳枯了，有再青的时候；桃花谢了，有再开的时候。但是，聪明的，你告诉我，我们的日子为什么一去不复返呢？"读着朱自清的《匆匆》，我又一次感受到了时光流逝的匆忙。人生能有多少个明天等着你？

　　明天也许是精彩的，爸爸妈妈领你去看场比赛，精彩的表演，你鼓掌了，难道你不觉得一次小小的鼓掌却分外有意义吗？

　　明天也许是险恶的，在你稍不留神时，会摔跤，会哭泣……但是，无论如何，在人生这条道路上难免会遇到重重困难，但你一定要去克服。

　　多少人期待可以尽情享受明天，相信明天的心情总比今天好，其实明天的一切都是今天努力创造的结果。

　　多少人在对明天充满幻想：明天我会变成公主；明天我会变成一只漂亮的蝴蝶；明天我不需要大人们的约束；明天我成熟地走向社会……其实明天的一切奇迹都不需要惊奇，因为你今天做了百分之二百的努力，所以是顺理成章的事。

　　知了不停地叫，有一天它也会疲劳；花儿一时的芬芳，有一天也会凋谢；阳光一缕缕地照射，但它也会消失……一直停留在岁月的痕迹中，你的人生一定不会精彩，而坦然地直对今天、面对明天，甚至更多的未来，尽管你做错些什么，至少还有意义存在。

　　有多少人曾成为语言的巨人，行动的矮子，寒号鸟每天说垒窝，直到冬天冻死也没有见窝的影子，而有些人呢，每天都在回忆过去的辉煌，却不想想，今天不奋斗，到了明天，就有人超过你。

　　凿壁借光、悬梁刺股才是我们学习的榜样，不做贪恋美色的商纣王、不学无术的霍光……要想创造辉煌，必须付出今天的努力，要想避免明天的暗淡，那就不要荒废今天的大好时光！

人生的每个精彩，每个辉煌，每个明天，都要我们去体验、创造、主宰。

活着，为的是为明天做点事，滴水是有湿润作用，但滴水只有加入河海，才能汇成江海。

时间即是生命。我们的生命一分一秒地消失着，我们平常不大觉得，细想起来值得警惕。我们有许多零碎的时间在不知不觉中浪费了。我们若能养成一种利用闲暇的习惯，做些有益于身心的事，则积少成多，终必有成。

为了一个美好的明天，珍惜今天，守望昨天，向未来展翅飞翔。

第四部分　暖暖品炫色

那 抹 绿

高一丁

春天又回到了我们的身边，但东北的冬天并不像阳春三月一样十分温暖，而是依然飘着雪花。

伫立在窗前，望着窗外漫天飞舞的雪花，我的心情又加上了几分沉重，并不停地埋怨这该死的天气。前几天还如阳春三月一样暖和，而今日却飘起了雪花，路边的树干上都盖着一层薄薄的积雪。穿过漫天飞舞的雪花，我的目光停留在一棵枝条光秃秃的树上，它如同一位老者，在寒风中瑟瑟发抖。偶然间，在那棵树上我发现了一抹鲜亮的绿，顿时令我眼前一亮，我的心不由得一颤，风雪中的那抹绿是多么的柔弱，它能承受住风雪的打击吗？它的生命即将被这肆虐的风雪吞噬吧？我不想再看下去，便转身回屋。

当我再次伫立在窗前，窗外风停雪止，阳光明媚。我情不自禁地又朝那棵树望去，那抹绿在风雪的洗礼下更加耀眼。"那抹绿是坚强、热爱生命的。"我反复地想着，这种不屈不挠的精神令我震撼。

我原以为它死了，可是它坚强地活了下去。

那树、那抹绿，让我们明白了在逆境中永不放弃，努力获得希望的生命是最珍贵的，永不放弃就是我们需要做的，生命的伟大就在于此，难道不是吗？

在生活中，人与人之间也是一样的，在逆境中永不放弃、努力获得生的希望的人有许多许多。在名人的生活中有着许许多多这样的事迹，贝多芬就是其中之一，他26岁时听力衰退，50岁时彻底耳聋，但他依然追求着音乐，展现着对音乐的热爱。

那树，是生命的延续；那抹绿，教会了我们在逆境中永不放弃。

让人快乐的大眼睛

马陈琪

我看见过很多双眼睛，可在汽车上那个小女孩的那双明亮的大眼睛却深深地"烙"在我的心上。

那天我随着拥挤的人群好不容易挤上了车，刚想掏钱时，不禁动起了歪脑筋：车上那么多的人，我不给钱应该不会被人发现的哦！我若无其事地坐在靠窗的座位上，心里乐滋滋地想：省下一元钱，我可以多玩一次电子游戏了，我真是"太聪明"了！

这时候，从你挤我拥的人群中，传来一个四五岁的小女孩甜甜的声音："妈妈，我还没给钱呢。""乖女儿，你还小，不用给钱。"小女孩见妈妈不听她的，就甩出王牌——撒娇地说："坐公共汽车不给钱，真丢人！"说完，小女孩撅起小嘴，摆出一副生气的样子。小女孩的妈妈赶忙从口袋里，掏出一枚硬币给了小女孩。小女孩欢快地接过来，向投币处走去。她，穿着一身大红色的连衣裙，像一个火焰小精灵，白雪公主一样的脸蛋上镶嵌着一双明亮的大眼睛，格外引人注目。走到那儿，小女孩踮起脚，手使劲向上一伸，把硬币投了进去，发出一声脆响。这声音久久地回荡在我耳边，敲打着我的心。唉！我读了那么多书，懂得那么多道理，却不如一个四五岁的小女孩，真是不该。于是，我飞快地从挎包中掏出一元钱，"啪"的一声投了进去，心安地回到座位上。

这时，汽车启动了，我望着窗外，看见小树在向我招手，小花在向我微笑，小草在向我点头。原来，把自己该干的事干好，远比多玩一次电子游戏快乐得多，感谢那双大眼睛。

135

人 生

熊 娅

请不要说人生充满幻想，因为它很完美，却很悲惨。请不要说人生如阳光灿烂，处处春光媚人。其实人生是首沉重的歌！它唱着拼搏、成熟、理想……而每一个人未必能够唱好。

人生似一张空白的五线谱，只有全身心地投入，才能谱出感人肺腑的音符；人生犹如一架钢琴，只有如痴如醉才会奏出激情高昂、娓娓动听的旋律；人生像一张洁白的纸，只有凝神构思，调好色彩，精心描绘，才会画出最新最美的图画；人生好似一个五味瓶，有酸、有甜、有苦、有辣，也有咸。人生是一道彩虹，它深藏着七种绚丽的颜色，它描绘着人生最美丽的画卷；人生是一本书，它记载着你曾经的辉煌、挫败，伴你走过忧伤；人生是一本日历，等你翻到最后一页的时候，才会懂得时间的宝贵。

人生是美丽的，对于珍惜它的人总是呈现着鲜艳的面孔。但是人生又是残酷的，它对刻意浪费的人便会丢下一个冷漠的背影，显示着刻薄与无情。人生对于每个人来说都只有一次，珍惜它的人会硕果累累，轻视它的人总是一无所获。

我们拥有了人生，就拥有了希望与力量。人生犹如一轮冉冉升起的朝阳，人世间所有的美，都在这里显现，它让理想增辉，它让血脉跳动，它让激情用之不完。梦一样的岁月，蜜一般的日子，请好好把握，好好珍惜，给自己创造一个无悔的人生，给自己留下一份绚丽的色彩，让自己短暂的生命充实而无憾。

守望人生

刘　瑞

人生是一条风雨相伴的路，当然不会一帆风顺。也许有密布的荆棘；也许有崎岖的小路；也许有想不到的千难万险，但我们一定要闯过挫折，守望人生。

守望人生，我们将体验到艰辛，真正的守望需要我们有良好的心理素质，而人生中的守望则需要坚强不屈的心灵。毕竟人生的道路不会全是铺满鲜花的捷径，有时会是充满荆棘的沙土之路。而我们要做的，就是要忍受那刻苦铭心的疼痛。外界的纷扰，更有心里隐隐约约的放弃。当然，充满险阻的崎岖之路，会让无数人失去了渴望，人生则成了走马观花、虚度光阴。但那些坚韧不拔的灵魂则在人生的旅途中披荆斩棘，勇往直前，守望人生。

守望人生，演绎的是一段历史，一隅世界。是啊！人生所演绎的不正是黑与白之间的那种对立吗？人生之中——有苦必有甜；有喜必有悲；有合必有分，这并不是什么晦涩难解的事，而是人生为我们所画的大圆圈，这个圈中有我、有你、也有他。或许，你还没有意识到它的作用，但它已经在你身上打下了一个深深的烙印，使你在不知不觉中走向那已经为你画好的痕迹。

守望人生，则看到了人生中的美好，那就是青春。

在人生道路上，如果把人生比做参天大树，那青春则是枝头吐出的新芽，多么清新！多么自然！在朝阳的沐浴中散发着蓬勃的生命力。青春的美并不在于它的稚嫩，也不在于它的年少无知，而另有所属，这就是它那无限的活力。处在青春花季的我们，手中正握着那青春的号角，也许是因为脸庞的稚气；也许是因为双肩的单薄而不敢吹奏。但我们要知道，没有尝试，就没有结果。所以，吹吧！吹出对美好世界的向往；吹吧！吹出我们自己的青春之歌。

守望人生，人生则为我们点燃一盏明灯。

　　我们曾经哭泣，只因乌云密布，只因迈步时荆棘密布。所以，刺骨的寒风裹缠着崎岖的旅途。举目寻觅，而那微弱的光亮却消失不见，只有漆黑一片。于是我们胆怯了，彷徨了，迷惑了。也许我们会被恐惧吓倒，在黑暗中迷失方向，但我们不必失望，不必泄气，更不用害怕。看！人生不是为我们点燃了一盏明灯吗？来吧！让我们用坚定的信念来铺平人生的旅途！走吧！让我们去迎接那新生的曙光！

　　守望人生，看到的不仅是美好，也会有艰辛，它为我们演绎着人生，同时也为在迷途中的我们点燃明灯，这就是守望！这就是人生！这就是守望人生！

书，我喜欢

刘子嫣

没有一艘非凡的战舰能像一册书，把我们带到浩瀚的天地。没有一匹神奇的骏马能像一首诗，带我们领悟人生的真谛。

我喜欢书，如同珍惜粮食。它能给予我精神的营养。

我喜欢书，就像小孩子喜欢漂亮的玩具一样，就像小孩子会抱着自己心爱的玩具入睡一样爱不释手。因为读书，使我看到了一个多彩的世界。我喜欢在书海中流连忘返。从中国古典名著《红楼梦》到外国名著《悲惨世界》，都是我所钟爱的。书给我的生活带来了无尽的乐趣。我珍惜它们，如同对待生命一样用心呵护。书可以丰富人的知识，增长人的见识，提高人的素质，增强人对是非善恶的辨别能力。书是人类进步的阶梯，是点亮人生航程的启明灯，是开启智慧之门的金钥匙，是奠基璀璨人生的铺路石。书是知识，书是文化。一本好书使人受益终生，一本好书更是全人类的宝贵财富。书见证了人类文明的发展，而且也加速了人类文明的改革、发展。一本好书让世人共享一笔有待挖掘的财富；一本好书使善读者睿智、机敏；一本好书包容了人类的美德。读本好书，你将受益无穷。

书装载了人类灵魂的全部美丽。

谁又有什么理由不喜欢书呢？

139

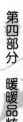

温柔的倔强

鲍梦雯

手机闹铃响的时候，我的脑子早已清醒，想睁开眼，眼皮却顽强地粘连在一起，于是继续闭着眼躺了十秒钟，固执地不去理睬《天黑黑》的闹铃声——孙燕姿略带沙哑的颤音中带着要哭的情绪，一如我此时的心情……终于从温暖的被窝里伸出手摁停闹铃，翻身坐起，撩起窗帘向外一望，天还很黑，只有一排排的路灯在晨雾中孤独而倔强地亮着。

书桌上的电子台历又自动更新为新的页面，仿佛在督促我：新的一天又开始了！意识开始高速运转：昨天的作业还有两个问题没有弄清楚，今天一定得找老师或同学问个明白；今天该上英语早自习了，我得把那些英语单词再巩固巩固……脑子间断地回闪着昨天残存的念头。上卫生间，漱口，洗脸，偷偷瞟一眼电子钟，花去的时间还是和昨天一样多——来不及反省，便又迅速地冲出家门，在晨曦中开始又一天急促而充实的生活。

深知自己不够完美，所以我才努力地踮起脚尖，想要靠近一点点，再靠近一点点。这是我卑微的倔强。

教室里骚动着，所有的人都忐忑不安地等待着结果的到来，老师分发着试卷，偶有几缕阳光调皮地斜射进教室，可以看见空气中飘浮着的微小的尘埃，它们随着试卷的展开，挪动，飞扬，像是初冬飘落的小朵雪花，单薄而又有些无助。

我接过卷子，只是刚刚及格的分数。侧身偷看了一眼同桌的试卷，分数很高。我失落地将试卷摊开，大片大片黑色的笔迹只是无用功，换来的是与之成反比的少得可怜的分数。沉默中似乎感觉心尖上有露珠一样的东西在滴，想静静地趴在桌上再也不动了，却还是咬着牙挣扎着抬起头，借过同桌的试卷，对着自己的卷子一题一题地改正，是更加认真、一笔不苟的红色笔迹。

深知自己不够完美，所以才更坚强地抬起头，想要靠近一点点，再靠近一点点。这是我坚忍的倔强。

晚饭后回到教室，很晴朗的天气，所以阳光还能从西边的窗户射进来，黄黄的，看起来就觉得特别温暖。学校的广播效果好得出奇，温柔的女声在不知名的钢琴曲的伴奏下甜美而又亲切。树叶又开始发黄了，教学楼前的草地却还倔强地现出浅浅的绿意。

日复一日，三点一线的生活忙碌而充实。期中考试各项评估结果张贴在教室的后墙上，心里暗喜自己的名字赫然而又倔强地在"进步显著生"中占据着一席。累到乏力的时候，便会挪到那里看一下，在心中一次又一次地对自己说，加油，马上就要春暖花开了呀。看起来很矫情的事情在自己身上如此自然地上演，坚信一天天的努力和坚持能够挺过所有的严冬和艰难。

深知自己不够完美，所以才要努力地挺起胸膛，想要靠近一点点，再靠近一点点。这是我温柔的倔强。

141

第四部分　暖暖品炫色

"我" 的呼声

门嘉琪

我是一条鱼，一条自由自在的鱼，在清澈见底的江中快乐地生活着。

因为我所在的江风景优美，让人赏心悦目，因此被列为旅游胜地，许许多多的游客来这里游赏，他们坐着大船，在江面上游来游去。本来嘛，我的家园风景优美，有许多游客来观赏，是一件令我自豪的事。但是……呜呜！那些游客在大船上观赏着大江，谁知道，他们还往江中乱扔杂物：什么小食品袋，白塑料袋，香蕉皮，雪糕棍……严重污染了水源。每一批游客观赏完，都会使我的家园变得一片狼藉。慢慢地，我的家园就被这些游客弄得面目全非了。江面上漂浮着垃圾，水也污浊无比了，江面上还时不时传来一阵臭气。这里再也不是什么风景名胜，旅游胜地，这里再也没有一个人来旅游，即使有，看到这幅景象也只是摇摇头，皱皱眉便走开了。我们这些水中的生灵也纷纷离开了大江，去寻觅干净的水源，去搜索可以生存的家园。

望着我曾经的家园——大江，我悲愤交加，心中充满着对人类的仇恨。人类啊，人类，是你们的破坏行为使我们美丽的家园变得不成样子，是你们的破坏行为使环境受到污染，是你们的破坏行为让我们无家可归，难道你们就没有一点点保护环境的意识吗？

人类啊！你们现在破坏了自己的家园，将来受害的就是你们自己。善待地球就是善待自己，拯救地球就是拯救未来，为了自己，为了未来，快快停止破坏环境的行为吧！

我 看 见

刘远方

　　人的心灵应该是纯洁的、善良的，她是一扇窗，一扇小窗，窗内是自己丰富的内心世界，窗外是精彩的社会万象。

　　天亮了，打开自己的小窗，首先映入我眼帘的是我温馨的小家，还有我可亲可敬可爱的父母。我爱我的父亲母亲，他们不仅生养了我，而且为了我的茁壮成长，他们呕心沥血，不辞辛劳；我爱我的父亲母亲，他们不仅关心我成长，而且他们懂得用和谐温馨的家庭氛围让我感受到人生的幸福快乐；我爱我的父亲母亲，他们不仅让我感受到人生的幸福快乐，而且教我学会了打开心灵的小窗去认知和感悟这个世界，我爱我的父亲母亲，他们不仅教我学会了认知和感悟这个世界，而且让我树立了远大的理想，明白了将来怎样去服务和改造这个世界。

　　背着小书包我上学了，走在整洁的道路上，打开小窗，窗外世界尽收眼底。广场宽阔，设施齐全，花草争奇斗艳，芳香四溢，道路两旁绿树成荫，高楼大厦林立。路上，疾驰的小汽车，精致漂亮，形态各异，在我身旁川流不息，总是吸引我的眼球，我最喜欢的就是它们了，我是小车迷，家里的各种汽车杂志教我知道了它们的名字，虽然喜欢，但是我就是不敢拥抱它们，那样太可怕了……耳边响起熟悉的音乐和歌声，那是我的学校。

　　放学了，走在乒乓球学习班的路上，窗外呈现的又是一派可爱的景象，小学生、中学生三三两两或窃窃私语或嬉闹谈笑。步履匆匆的中年人，他们一定都是为了工作而奔波。老年人有聚在一起闲谈的，有坐在路边椅子上休息的，有接孩子的，也有从市场买菜回来的。蛋糕店里服务员在忙碌着，顾客在享用着各种美味。出租车走的走停的停，人们享受着出行的便捷。超市门口人们进进出出，喜形于色，一定是还留恋在疯狂购物的喜悦之中……

　　回家了，做完作业，最美好的事就是打开心灵这个小窗户透过互联网

这个大窗户看新鲜事。看历史，祖国五千年的悠久历史，从夏商之初到推翻清朝帝制，有口皆碑的灿烂文化，造福人类的四大发明，雄伟壮观的万里长城，饮誉海内外的秦兵马俑，气势恢宏的北京故宫，精美绝伦的苏州园林……五千年的历史，像一首古老的诗篇，更像一幅长长的画卷，让我们炎黄子孙骄傲自豪。看祖国饱经沧桑的近代史，骄傲自豪被屈辱抗争改写，一个又一个不平等的条约，使祖国从一个泱泱大国变成了一只任人宰割的肥羊；八国联军火烧圆明园，让一座世界上最辉煌壮丽的宫殿变成了一片焦土和瓦砾；日本帝国主义发动震惊中外的侵华战争，民族备受凌辱。看今朝，香港和澳门回到祖国的怀抱了；2008年北京奥运会成功举办了；"神舟"系列宇宙飞船成功发射了；千亿次超级计算机——"天河一号"研制成功了……更有汶川大地震激发全世界华人强烈的民族认同感和凝聚力。看世界，航空展、概念车、航母、坦克、太空武器……目不暇接，我看到了这就是大人们所说的科技在发展、社会在进步吧。

生活真美好！世界如此美丽！我要把我心灵的小窗户擦亮，感受这生活的美好，洞察窗外世界的美丽，并通过自己的努力把窗外的世界点缀得更好更美。

美丽的世界，我喜欢

于泽楠

这世上的一切，我都喜欢！

燕子去了，有再来的时候；杨柳枯了，有再青的时候；桃花谢了，有再开的时候……时光流逝，一切都在改变，但人们却因此积累了经验，丰富了阅历。所以，我喜欢！

清澈的小溪潺潺地流着，永不停息，是因为它们坚信：终有一日，它们会流到大海；燕子的窝破了，它们会不顾劳累地用自己的唾液和树枝粘在一起做窝，是因为它们坚信：这样的窝最结实牢固；蜜蜂们总是辛苦地飞来飞去地采蜜，是因为它们坚信：只有辛苦了，才能得到应有的回报！只要功夫深，铁杵磨成针。水滴能把石穿透，万事功到自然成。这些名言的意义不都体现在这些事物上了吗？所以，我喜欢这种坚持不懈的精神！

卖艺的少年，不怕出现的几次失误，沉着地又表现了一次杂技，成功了！这不正可以看出卖艺少年的勇气和自信吗？一些人自告奋勇，勇敢地阻止了正在实施抢劫的人，不顾生命危险与歹徒搏斗起来。这不也显示了这些人的勇气吗？还有……正是因为这些人的勇气，才有了人们今天美好安定的生活！所以，我喜欢这些人的勇气，更欣赏这种勇气！

安定的生活，快乐的世界，我喜欢！每天我能到学校开心地上课，学到知识。下课可以和同学尽情地玩耍，不受约束，我喜欢！现在的生活，没有炮弹，没有战火，没有硝烟。只有爽朗的笑声和朗朗的读书声、谈话声……这样安定的生活，我喜欢！

……

有人可能问："世上那么多的东西、事物，你怎么都喜欢？"其实，时光流逝当然人人都不喜欢，可是当你想到你的成长经历，你丰富的阅历，这

145

不都是时光流逝引起的吗？只要把握好时间，你也会喜欢的！只要你乐观，快乐地面对生活，你会发现叽叽喳喳的鸟叫声也会变成动听的音乐；小溪流淌的哗哗声会变成进行曲；青蛙的鼓噪声会变成敲鼓的声音……这时，你会什么都喜欢的！

我喜欢世上的一切。

我 喜 欢

李悦源

我喜欢冬天的白雪，在静憩的夜晚飘落。我喜欢那份宁静淡远，我喜欢那驱去寒冷的火焰。

我喜欢伴着春风在江边散步，青的草，绿的叶，五颜六色的花，全部探出头来，都像赶集似的聚拢起来，柳树也抖了抖身子，从树枝到树叶都焕然一新，形成了光彩夺目的春天。

我喜欢夏日的炽热，我喜欢在热不可耐的下午去游泳池游泳。游泳池里水浪涌动，美好的水花翻腾着。慢慢地，太阳已落下千丈，飘逸的白云一一离去。

我喜欢秋天里金黄的稻穗。那颗粒饱满的稻穗压得稻身直不起腰来，好像在感谢大地妈妈的养育之恩呢！

我也喜欢笑，喜欢笑里的奇异享受。我总是会笑那些不自量力的人，也喜欢用微笑擦去我内心的创伤，我喜欢用大笑来代表我的愉悦之情，还喜欢用微笑对别人进行鼓励和赞赏，我最喜欢笑那些上课不专心听讲的人，因为他们是可悲的。

我喜欢看一团团连绵起伏，黄绿黄绿的芦苇丛。那又高又密的芦苇紧紧地排在一起，像一张多绒的毯子，总是激发我想上去躺一躺的欲望。

我还喜欢花，不管是哪一种。我喜欢香飘十里的八月桂，百年一见的铁树花，象征爱情的玫瑰花，以及寓意亲情的康乃馨。

我还喜欢另一种花儿，是绽开在人们的笑颊上的。当宁静的夜晚，妈妈笑着对我说声"晚安！"我忽然觉得世界是那样的亲切。

我喜欢玩电脑。在网上写日志、写博客，使我的写作水平不断地提升……我喜欢在网络里寻找乐趣。

我还喜欢看书。我喜欢看各种各样的书：《漫画PARTY》《幽默大师》

《阿衰》《鲁滨孙漂流记》《中国未解之谜》《小学生300字作文》《古希腊神话故事集》……总使我在文字中找到无穷的乐趣。

我喜欢朋友，喜欢在下课时出其不意地拍他们的肩膀。当他们回过头来，我早已跑到了"千里之外"！

……

我喜欢生活，而且深深地喜欢在我心中充满着这样多的喜欢。

我最喜欢的一枚邮票

刘 佳

在我的集邮册里，有一枚最有纪念价值的邮票，那就是申奥成功的邮票。它好似中国传统民间工艺品"中国结"，又似一个打太极拳的人形，表现了中国传统文化的精髓，同时也似奥运五环色组成五角形，相互环扣，象征世界五大洲的团结、协作、交流、发展，携手共创新世纪的美好愿望。

看着这枚邮票，我不禁想到申奥成功的那一夜，举国上下，普天同庆，人们都沉浸在美好的憧憬里，人们用各种方式向祖国祝贺。那天夜里，中国人一夜无眠，都用心描绘着奥运蓝图。

也恰恰是这枚邮票见证着历史的沧桑。1896年到1949年，五十多年的奥运历程中，"长袍马褂、瘦骨仃伶，背上压着沉重的'零蛋'的'东亚病夫'"的形象，就像一座大山一样压在这个苦难的民族身上。然而1984年7月29日，射击运动员许海峰的一声枪响，宣告了中国第一个奥运冠军的诞生……从零的突破到进入金牌榜的前三名，这一枚小小的邮票凝聚了多少运动健儿的心血呀！

现在，走向繁荣富强的中华民族，正渴望奥运圣火在古老的华夏大地点燃。相信在2008年的奥运会上，在"更快、更高、更强"的口号声中，中国一定会再创佳绩。而我们现在需要的正是好好学习。

我合上集邮册，打开书本……

第四部分 暖暖品炫色

花儿的话

简荣啸

在一个百花齐放的日子里，百花仙子邀请我去参加他们的讨论会。

"你们知道什么是真正的爱吗？"百花仙子说。

"爱，就是有人把我送给另外一个人……"玫瑰笑吟吟地说，"我，就是爱的象征！"说完，红玫瑰的艳丽似乎又多了一抹。

百合花轻蔑地说："爱与送玫瑰没有必然的联系。真正的爱应该是一种相互尊重和支持！"百合花掸去沾在她那白色裙摆上的一点儿灰尘，依旧灿烂地绽放着。

仙人球说："我觉得爱是默默地付出与关怀。"

兰花羞涩地微笑着："对，爱就像一滴滴甘露，倾注一切，不求回报。"

这时，百花们都点头叫好："她们说得太对了，太有哲理了。"

其实，妈妈的爱又何尝不是如此呢？妈妈脸上爬满了沧桑的皱纹，仍然露出欣慰的笑容，好像在向他人诉说我的优秀，为我骄傲和自豪！我的优秀从何而来？是从妈妈的关爱而来，是从母爱的滋润而来！

"什么嘛，爱还用讨论啊？"牡丹不耐烦地看了我们一眼。

百花仙子对我说："牡丹早已习惯被人欣赏，被人赞美，只在乎享受他人对自己的爱，不屑去理解什么是付出，什么是回报。其实，那些掌上明珠们又何尝不是如此呢？"

听了百花仙子的话，我不觉流下了眼泪，我不就是那掌上明珠吗？妈妈对我的爱，我理解了多少？我又回报了多少呢？

这时，小蒲公英边欢快地舞蹈边说："我觉得爱是一种放飞。"伴着欢歌笑语，蒲公英宝宝向母亲挥手告别，它们轻轻地抖了抖身子，快乐地出发了。蒲公英妈妈慈爱地望着孩子远去的身影，微笑着送他们远去……

此时，向日葵独自抬起头，面向太阳露出灿烂的微笑，它说："感谢大地妈妈，感谢太阳公公！"

我们应该怀着一颗感恩的心，去感谢妈妈，去感谢所有关爱我们的人。

爷　爷

戴晓萍

　　窗外，万籁俱寂，夜是如此的深邃神秘。桌上的闹钟滴滴答答地走着，更衬托出夜的漫长。闪烁的星儿如同一双双慈祥的眼睛，不禁勾起了我对爷爷的思念。

　　爷爷已经走了五个多月了，也不知道他在另一个世界怎么样了？爷爷，我的好爷爷，我知道您一定很寂寞，一个人匆忙地，悄无声息地离开了这个美丽可爱的世界，去了一个既陌生又遥远的世界，在那里，没有了奶奶，没有了我们，一个人孤独地生活着……

　　借着月光，我仿佛看见了爷爷眼睛里流露出一种月亮般的光彩。星星散发着迷离的色彩，似乎在替爷爷回答我："爷爷看见你了，也听到了！"点点露水在月光的照耀下更显得湿润而柔和，轻轻地罩在树梢上，盖在房子上，薄薄的一层，若有若无。接触到这种光辉的一切都是那么雅致，那么幽静，那么安详……泪水迷糊了我的眼睛，泪水就像掉了线的珍珠，不由自主地掉了下来。

　　爷爷，每当我一想起您，便哽咽了：想起您那骨瘦如柴的身子，想起您那枯枝般的手，想起您那慈祥的面容和微笑……爷爷您是那么的勤劳，那么的善良，那么的和蔼可亲。为什么那可恶的病魔要夺走您那宝贵的生命呢？

　　昔日在爷爷宠爱之下的我慢慢长大，在艰难的求知路上，我始终坚强，勇敢地跋涉着，我要更加努力地学习，在下一个这样美丽的夜晚告诉您我的优异成绩！

假如我有一双翅膀

王　畅

假如我有一双翅膀，我要用它载着我的梦想飞翔。

假如我有一双翅膀，我又会怎样？我要在蓝蓝的天空中自由飞翔，向彩霞姐姐要来红艳艳的色彩，向星星哥哥要来闪闪的银光，从美丽的泉水妈妈怀里装一瓶生命的甘泉，在世界各地最奇异的美丽花园里采来七色花朵，郁金香、月季花、蜡梅花、樱花、菊花、茶花……许多奇花异卉的花粉，向正在和花仙子跳舞的勤劳的小蜜蜂学习酿蜜的技术。我把彩霞的艳丽，星星的光彩，生命的甘泉全注进许多奇花异卉的花粉里，用翅膀不停地扇呀扇，虽然累得头昏眼花，可是我还是不停地扇呀扇呀，终于一股芳香扑鼻而来，我总算是酿成了一种幸福的生活之蜜。于是，我带着蜜，展开自由的翅膀，开始长途旅行。

我将飞到莱茵河，去寻找那位盲姑娘。她那双可爱的眼睛看不见阳光、树木、鲜花、小溪，多么不幸的姑娘。我掀起一阵清凉的微风，把蜜送到她的嘴里。天啊！多么美丽，那蓝宝石般的眼睛重新有了光彩，充满了好奇和惊异。她看到了金色的阳光，葱绿的树木，叮咚的泉水，她看到了美丽的花田，迎着散发着花香的微风，在花田里翩翩起舞，在撒着金色阳光的树林里，看着那清新的绿色，对着鸟儿歌唱，她还在涓涓不息的小溪里，和小鱼们一起高兴地做游戏。看着活泼可爱的姑娘，我恋恋不舍地飞走了。

飞呀飞，我飞到了小彼得的床边，他的腿摔伤了，不能去上学，也不能和小朋友们一起跑跑跳跳，一个人睡在床上听鸟儿对话，从此关上了他那扇心灵之窗，多可怜啊！我把蜜送到他的嘴边，他一下子蹦了起来，迈着健壮的双腿和小伙伴们一起跑跑跳跳，和小朋友们一起捉蝴蝶、追小鸟，打开了那扇心灵之窗，我又高高兴兴地飞走了。

飞呀飞呀，到了小松鼠的家，小松鼠生病了，生命已经垂危。我把蜜喂给它，小松鼠马上好了起来，又去采大松果了！不怕寒冷的冬天了。是我给了小松鼠第二次生命，所以小松鼠你一定要听妈妈的话，我又带着旅途的快乐出发了……

假如我有一双翅膀，我要飞遍全世界的每一个角落，去寻找因为贫穷被压迫而又痛苦的人们，为他们解除痛苦。假如我有一双翅膀，我要让全世界没有呻吟、哭泣，只有笑声和歌声。

一只蜗牛的启示

蔡闵雯

　　早晨的轻风，把我从睡梦中吹醒，我盥洗完毕，披上一件夹克，就踏着轻快的步伐，到中原大学漫步。

　　我边走边贪婪地呼吸着清新的空气。眼睛还不时地看着东升的朝阳及路旁大学生们费尽心血所种的花卉，以及青绿色的可爱小叶子。

　　忽然，我发现嫩绿的叶子上，有一只小小的蜗牛，背着重重的壳，一步一步慢慢地往上爬，我想它可能是要吃些叶子吧。可是不然，它和我一样，也正在静静地享受这宁静的早晨啊。但不一会儿，它又慢慢地爬走了，我非常好奇地跟了过去，才知道，原来它是要去叫些同伴来，一起分享它的快乐。

　　看到这儿，我情不自禁地自我反省了。

　　平常我总是很自私，好的都自己用，坏的留给别人用，以致常会被人抱怨。而且我也不愿和别人分享我的好东西，所以大家都很讨厌我，叫我小气鬼。

　　我从这只蜗牛身上得到了好多启示，不但自己的自私习惯改过来了，而且，我还常告诉别人"一只蜗牛的故事"呢！

迎接阳光

陈星宇

　　我一直不敢渴望阳光，它是那么伟大，又是那么美丽，我一直在心中悄悄敬佩它，就像崇敬神明一般。可是，我却又畏惧它，畏惧它的伟大，它的美丽。生怕哪一天，我会在它的普照下融化，所以，我从不愿打开窗户，接受阳光的洗礼。

　　窗外有些什么？是阳光从树的缝隙中射下来的点点淅沥的阳光？是风和雨的歌舞剧？还是一条可怕的蟒蛇盘旋着在窗外等候着我这顿"美餐"？……我猜想着。

　　我不止一次这样问自己："要不要把窗户打开？"可是，一阵犹豫之后，结果总是胆怯的——不要。其实，也许窗外是一片生机，一派欢乐呢？但是，或许是充满陷阱、邪恶的呢？不敢想，再也不敢想。只是独自一人蹲坐在角落里，和灯光映射出的影子相互做伴……

　　每个人都有一扇窗户，每个人都曾渴望过窗外，可是，真正敢去打开窗户，迎接阳光的人却没有几个。我听过这样一句话："幸福和快乐是要自己去迎接的，而不是让它们来找寻你。"的确，尽管迎接阳光的途中会有种种困难困扰着你，可是当你勇敢推开窗户时，你会看见一片碧海蓝天。诚然，也不是所有的敢去迎接阳光的人就一定会获得阳光。

　　于是，我神情凝重地望着那扇神秘的窗户，竟情不自禁地像个幽灵似的向窗户走去。虽然，那里可能有点点淅沥的阳光，也可能有蟒蛇。但是，我完全被一种莫名的东西罩住了，无法自拔。我伸出手，指尖在窗户上轻轻地触碰了一下，又有些胆怯地缩回来了。"推开，勇敢些！"一个声音在我的耳旁掠过。突然，像静如止水的海面卷起了万丈狂澜——我猛然用手推开了窗户。瞬间，一道道刺眼而美丽的阳光，透过树缝向窗里射进来。昏暗的房间里刹那间变得好明亮，好美丽，就像童话故事里的睡美人刚苏醒了一般。更令我不可思议的是，我看到了窗外是一片生意葱茏的景象：黄莺和百灵鸟在树梢间唱着、闹着，小草们一根根随风舞着、摇曳着。平静的湖面被调皮的蜻蜓轻轻一触，荡开了一圈圈涟漪……

我沐浴在阳光之中，贪婪地吮吸着清新的空气，享受着瞬间的美丽。

我现在才感觉到——勇敢地推开心灵窗户时，会发现窗外原来是那么美好！

第四部分 暖暖品炫色

这也是一种芬芳

张志志

爷爷是个老中医。家中总是堆满了各式各样的草药。我总是喜欢端着小凳在一旁静静地看爷爷磨药，熬药。可当那一缕缕药气逐渐弥漫整个房屋时，我却厌恶地远远躲避。

小时候常在药铺里玩耍。高大结实的柜台，黑褐色的漆面，发黄陈旧的标签，一副小秤，一双巧手，在重重的药柜之间穿梭不歇。爷爷时常会像变戏法似的对哭闹的我拿出几枚甘草片，含在嘴中，一丝淡淡的甘甜萦绕舌间，于是忘记了药铺苦涩的气味，嘴角微扬，畅想着在遥远的山中，是不是也有人温柔地采摘这些草药，然后晾晒，品尝……

童年是在一碗碗褐色药汤里度过的。爷爷佝偻的背影，药罐里冒出的气体，还有不断舔舐着罐底的蓝色火苗，都一一定格在时光碎片里。那时爷爷总会端着一个白瓷碗，手里带着两块冰糖，笑眯眯地递送到我面前："良药苦口利于病，乖囡囡，喝了药身体就好了。"我却时常任性地将药碗打翻，然后跑出去，留下爷爷独自躲在屋内哭泣。

158

在病榻上只能靠看书、画画来消磨时光。于是从家中破旧的中草药图典里认识了许多美丽的名字：白芷、半夏、紫菀、青黛……爷爷不厌其烦地告诉我它们的功效和作用。我常常想，它们前世一定是温婉绰约的美丽女子，然后化作这些草药给病人以最大的安抚。《红楼梦》里林妹妹让人惋怜的身影，也许只有药香的衬托才楚楚动人吧。夏喝香薷解暑，冬喝冰糖燕窝……氤氲里的潇湘馆才显得如此与众不同。

还曾和爷爷去乡间采药，一路上阳光明媚或是细雨霏霏，背着背篓的爷爷专注地捻着一棵药草，细细地嗅着。回来路上，竟看到一家小小的药铺。爷爷热情地和他们打着招呼。原来，这样的草药香，已然成为一种独特的旋律，飘散在天涯海角，散落在城市乡间每一个角落，给病人带来最温柔的健康保证。

　　爷爷又在熬药了，我不再逃避，"乖囡囡，快让药气熏一熏才好呢！"药香如蝶，满室翩飞。满室氤氲里，是爷爷慈祥的笑容，和我理解的沉思。

　　这样苦涩的药香，却成为我心中最香醇的余味与芬芳，伴随着爷爷的爱，细致，绵软，濡染和浸透着我的人生。这缠绕而挥之不去的药香，是我生命中最美好的芬芳！

159

追逐阳光

李中慧

　　我像风一样自由；我像雨一样潇洒；我像雪一样纯洁；我是田野里的花朵；我是枝头的小鸟；我是天空的白云，我喜欢追逐阳光。

　　我热爱生活，所以我喜欢阳光，我性格活泼，所以我喜欢追逐阳光。阳光是万物生长之本，灿烂而美丽，耀眼而纯洁。

　　我爱追逐，拥抱灿烂。追逐阳光，追逐梦想，追逐希望，我喜欢沐浴阳光，暖暖的，细细的，照在身上，很亲切，于是，我喜欢上了阳光。我拥有梦想，拥有希望，我便拥抱阳光，阳光虽说没有月光那般温柔似水的性情，但它无比灿烂的光辉足以战胜一切。

160

　　我爱追逐，拥抱真情。勇气、友情、爱心、诚实、知识、纯真，希望、光明，正是在阳光的照耀下散发着光辉的人间真情，我想要拥有灿烂的真情，追逐阳光，追逐阳光下熠熠生辉的真情，我会将这些丰富、美好的真情奉献给身边的每一个人，让他们感受阳光的温暖。拥抱梦想，拥抱希望，此刻，我的心已经插上翅膀，跨过高山，飞越海洋，去拥抱未来。追逐阳光的照耀下结出美丽的果实。相信吧！追逐理想之光，未来与希望定会美丽灿烂。

　　我要追逐阳光，追逐自由，阳光下的我，很快乐，很自由，我默默祈祷，我希望阳光可以带给我幸运，快乐与自由。

　　太阳每天都会升起，每天都是新的，每一次阳光普照大地时，新的一天便开始了。新的起点，新的挑战，我要迎风前进，克服困难，让每一次阳光的伴随都有意义。

　　无论春夏秋冬，阳光总那样灿烂、美丽、耀眼。追逐阳光、梦想、自由、真情。阳光下，我感受到了芬芳的花香，飞翔的自由，水晶般的纯洁，请试着去追逐阳光，拥抱阳光。让五彩缤纷的画卷在阳光的照耀下更美丽，让生命的乐章更动听。

第五部分

奇奇梦虹霓

　　夜晚悄然而至，太阳躲到山后面睡觉去了，该轮到月亮值班了。皎洁的月光洒向大地，笼罩着这片幽静的森林，像一面轻纱。陡然间，不知哪里响起了蟋蟀的《小夜曲》，悠扬的"琴声"使我如入仙境。

　　　　　　　　　　——管仕杰《我是一片叶》

彩色的梦

丁 琦

有了记忆就有了梦，梦中有多姿多彩的世界，让我常常在此徘徊，使我独享其中的快乐。最让我难忘的是在我八岁时做过的一次奇怪而美丽的梦。

在一片绿草如茵的草地里，有无数只色彩斑斓的蝴蝶在跳着美丽的舞蹈。柔和的阳光照在上面，一闪一闪的。我穿梭在迷人的蝴蝶中间，和蝴蝶翩翩起舞，忘记了所有的烦恼。

再往前走，我眼前一亮，啊！一条清澈见底的小溪奇迹般地出现在我的眼前。溪边的花朵倒映在水中，显得更艳了；洁白的云朵倒映在水中，显得更白了。多么清新的空气啊！我贪婪地呼吸着。

继续向前走，我看见一棵参天大树，枝繁叶茂，遮天蔽日，成了小鸟的天堂，各种小鸟在这里搭窝建房，快乐地生活着。我的到来并没有让它们害怕，反倒有几只小鸟飞来，落在我的肩头，好像欢迎远方来客似的唱起欢快的歌。突然，下起了一阵蒙蒙细雨，让我奇怪的是空中却没有一丝云彩。过了一会儿，雨停了。在茂盛的大树上方出现了一道彩虹，雨后的彩虹艳丽无比。不一会儿，天空中又下起了鹅毛般的大雪，大雪把彩色世界里的一切装扮得银装素裹，大树也摇身一变，成了一棵洁白的圣诞树。树上的小鸟行使圣诞老人的特权，它们分别把礼物放在小动物的门前。蜜蜂收到了礼物，打开一看，是一瓶香甜的蜂蜜；蝴蝶收到了礼物，打开一看，是一件漂亮的裙子，高兴地跳起了美丽的舞蹈；小松鼠收到了礼物，打开一看，是松果……圣诞老人把一个包装精美的礼物给了我，我打开一看，是一个闹钟，它发出滴答、滴答的声音。我高兴地摆弄着，一不小心调到了闹时，闹钟发出丁零零的响声，把我从彩色的梦境唤回到现实世界。

睁开惺忪的眼睛，脸上依然挂着收到礼物的幸福，彩色的梦虽然结束了，但是那种快乐和幸福将在我心里永驻。

七 色 花

王梦蓁

　　传说"七色花"是一朵神奇的花，它有七种不同颜色的花瓣：黄、红、蓝、绿、橙、紫、青。每片花瓣都能帮助你实现一个梦想，我很想得到它。

　　假如我有七色花，我会撕下一片黄色花瓣，让世界上的人都会变得没有烦恼，每天充满了快乐，充满了爱心。

　　假如我有七色花，我会撕下一片红色花瓣，让世界所有残疾的孩子都恢复健康，再让那些没有上学的孩子都能背起书包，来到温暖的教室。

　　假如我有七色花，我会撕下一片蓝色花瓣，扔向十几万年前，让各种各样的原始动物复活，让那些被砍伐早已绝迹的奇异树木都重新复活过来，给世界带来更美的景色。

　　假如我有七色花，我会撕下一片绿色花瓣，让所有患有疾病的人都好过来，让那些找不到工作的人富裕起来。

　　假如我有七色花，我会撕下一片橙色花瓣，扔向贫苦的山村，让那里建上高楼大厦，因为有些人瞧不起农村人，我要让农民富裕起来。

　　假如我有七色花，我会撕下一片紫色花瓣，让它帮我实现一个梦想，那就是让它把我变成科学家，坐上飞船，到太空遨游。太空太神奇了，有星星、月亮……我迫不及待地想见一见它们。

　　假如我有七色花，这最后一片青色花瓣我会珍藏起来，永远都不用，因为有了这片青色花瓣，如果遇到了特别的困难，我将会用上它。

分担苦涩

钟子洋

在一个大森林里，有一个"和谐村"，那里的小动物互相帮助，就连狮子也不到处耍威风，他还是消防队的队长呢！所以，"和谐村"天天充满了欢声笑语。

一天早上，兔妈妈和兔宝宝在家里玩，只听"呼"的一声，把兔妈妈和兔宝宝吓了一跳，只见厨房里冒出滚滚浓烟来，兔妈妈和兔宝宝意识到油锅着火了！原来，兔妈妈只顾陪兔宝宝玩了，把炒菜这件事给忘了。兔妈妈抱着兔宝宝就向门外跑去，跑到外面就向四周大声喊了起来："我家房子着火了，快来人呀，快来灭火呀！"小羊听见了，拿起电话，拨通了狮子队长办公室的电话，狮子队长拿起电话，小羊叫了起来："狮子队长，不好啦，小兔家的房子着火了，地址是：6—4001号房间。""好，我马上到。"说完，狮子队长就放下电话，按下报警器。三分钟后，五辆消防车从部队大营里开了出来。这边，动物们向房子浇水、盖沙子，控制火势。只见小羊和小猪拎着水桶从不远处的小河取来水泼向大火，小猫、小猴和小松鼠用尾巴卷起沙子灭火，小狗扬起脚，把扒出的土盖在火苗上，这时，狮子队长带着他的消防队员赶到了。大家齐心协力把火扑灭了。在灭火战斗中，许多动物受了伤。小猫、小松鼠的尾巴被烧伤了，小狗的后脚被磨出了血，小羊和小猪的脸被火烤焦了一大片，可大家毫无怨言。

小兔和妈妈望着残垣断壁，伤心地哭了起来："天哪，这让我们怎么活呀！"大家围拢过来，异口同声地说："别伤心，我们会帮助你们的。"小羊说："先到我家去住，我家又温暖，又宽敞。"小猪说："我家有你爱吃的萝卜和白菜，回头给你们送去。"大象说："我们大家一起帮你盖座新房子。"说完大家就热火朝天地大干了起来。大象运木头，小熊猫和水泥，小猪运砖，小猫抹水泥，小狗砌砖，小鹿钉钉子，小猴刷油漆。经过几天的努力，一座漂亮的新房子就竣工了，小兔宝宝和妈妈谢过大家，高高兴兴地住进了新家。

回味美好的梦

王　昶

有一天我梦见——我们的国家成了世界上最发达的国家，由于科学技术的发展，各行各业都发生了很大的变化，尤其是车的行业，发展得更快。

我们已经拥有智能化、多能源、高效清洁的符合自己心意的个性化理想型车辆："和谐号"不再是最好的火车，而"子弹头"火车也只是中等速度的火车了，有的火车有了喷气式涡轮发动机，部分能源可以通过太阳能来提供，火车的速度也有了更大的提高，真的可以在铁路上奔跑如飞了。

不只是火车，汽车更有了翻天覆地的变化。有的汽车可以弹出一对翅膀，必要时可以飞起来；可以变成潜水艇，潜入水中；车体装有防弹装置；还可以根据周围环境颜色的变化改变自己的颜色呢。也许你可能会问，汽车为什么要有这些功能呢？这可不是普通的车，而是警车。想想如果遇到了狡猾的敌人，有时只有飞起来才可以看到；在跟踪嫌疑犯的时候改变颜色，看起来车和周围环境好像是融为一体了，不容易被发现；而当坏人在水里时，潜入水中，就可以打敌人一个措手不及了……

当然了，这样的车，不是谁都能拥有的，但适合我们大家的普通的轿车也同样有了很大的变化，不但做到了安全、节能、环保，而且具有很大程度的智能化，符合自己心意的个性化理想型汽车已经普及了，家家都有了自己的轿车。家用轿车不只是一个交通工具，里面还有网络连接装置，强大的信息处理功能，使得坐在车里，就像坐在一个小型办公室里一样，所以，当你的司机在为你开车时，事务繁忙的你就可以继续工作，不用担心因为长时间乘车而耽误了工作。

不只是这样，8岁以上的小孩也可以有自己的车了，因为有一种车是可以自动导航，并且带有保险装置，由高智能的机器人操作的，家长只要提前设置好程序就可以了。而我，就有一辆这样的白色小轿车天天接送我上下

学，我坐在车里，每天都开心极了。

再有就是汽车已经不再完全依赖汽油来提供燃料了，大多数车都是太阳能的，汽车表面就是太阳能的涂层，并且在车上装有储电装置，车厢里还有隔音装置，这种车开起来真是既环保又没有噪音。

梦中的世界真是太美好了，而我更相信，以后的现实会比梦中更加美好，我期待着！

假如我会变

陈 宁

假如我会变，我会将幸福带到人间，造福大地，给人们带来吉祥与快乐。

假如我会变，我会变成一艘艘巨大的轮船，载起千万个受灾的人民，使他们脱离被洪水卷走的危险。

假如我会变，我会变成一座座高大的楼房，用自己温热的胸膛为灾区的父老挡风御寒。

假如我会变，我会变成一道道坚固的堤坝，阻挡洪水泛滥，使人们永远幸福平安。

假如我会变，我会变成千万个抗洪勇士，以自己的身躯，阻止洪魔对人民的无情侵袭。

假如我会变，我会变成一批批药品，给那些需要的人，给予无私的帮助，让他们重新快乐起来。

假如我会变，我会变成大批的书本，给贫困山区的孩子们，寄去一份份知识的起点。

假如我会变，我会变成一片森林，让人们呼吸到更好的空气，为人们消除噪音。

假如我会变，我会变成大批的钱财，寄给受自然灾害的人民，寄去一份份爱心，让他们重建家园。我也会让贫困的人民富起来，过上更美好的生活。

假如我会变，我会变成一座座美丽的学校，将那些贫困山区的孩子们重回学校，拿起书笔，为祖国争光，为祖国喝彩！

假如我会变，我会变成一架巨大的飞机，驮起千万个灾民，使他们脱离被房屋压倒的危险。

假如我会变，我会变成一缕缕阳光，照耀人们的心田，使人们的心里温

暖起来，不再有邪恶。

假如我会变，我会变成一只麻雀造福人类，替庄稼除害，为人民带来更好的收成。

假如我会变，我会变成一双美丽的翅膀，带着美好的愿望，在天空中自由地翱翔。

假如我会变……

曾经我是一颗丑陋的沙

焦 敏

　　我是一粒沙，一粒小而干涩的沙，以天为盖，以海为邻，到处都有我的兄弟姐妹，到处都是我的家。每天沐浴着阳光，聆听着涛声，一生又有何求？可是有一天，我的生活改变了。

　　那日，一个人来到我身旁，问我们有谁愿意接受黑暗、挑战，历经磨难取得最后的辉煌，我的哥哥姐姐们都退却了，我也害怕失去阳光，失去自由，失去美好的"天堂"。但妈妈曾说要勇敢，要坚强，要学会成长，所以我同意了。在同伴怜惜与诧异的目光中，我来到了另一个"世界"，被放进了一个软软的小房，那扇门关上的一刻，我听到人们叫它——贝壳。霎时，我不再拥有阳光、大海与自由，我被粘住无法动弹，我喊，没人应，我撞，它不动。黑暗中，沮丧的我似乎听到了妈妈的话——要坚强！我决定等待，等待那扇门再次被打开的那一刻，等待成功扑面而来的那一刻。

　　没有笑声，没有涛声，我过了一年又一年……

　　终于，门开了，我沉睡的生活要结束了，我看到的是一双双诧异的、闪光的眼，听到的是一声声兴奋的、惊喜的叫声。我怎么了？什么东西会这么刺眼？我低下头，不禁叫出了声，我变得圆润，富有光泽，还闪着耀眼的光芒。人们给我起了一个好听的名字——珍珠。

　　我不再丑陋，不再渺小，不再干涩，甚至不再彷徨。现在的我被放在灯下最显眼的地方，接受着世人的赞美与惊叹。我知道，我成功了。

　　暂时的痛苦使我得到了永久的欢乐，一时的失去使我拥有了永恒的辉煌。经历了艰苦的历练，最终得以闪亮。

　　现在我可以骄傲地呐喊："我曾是一粒丑陋的沙，现在却拥有世界最美的光芒！"

假如我是一朵七色花

袁　昕

假如我是一朵七色花，我会不顾自己的美丽而去用神奇的花瓣帮助他人……

我先把红色花瓣给太阳，让太阳更红，照亮世界各地。

我把橙色给所有死去的人，让他们在天国也过得有声有色。

我把黄色给贫困山区，让他们有丰收的稻谷，让孩子们上学、读书。

我再把绿色花瓣给大地，让大地常青，春常在。

我要把青色给小河，让小河清得可以看见水中嬉戏的鱼儿。

然后把蓝色给每一个残疾人，让他们重见光明，能看见草中花和水中鱼；让他们听得见、摸得着、路能走、字能写。当我把蓝色花瓣一扬，只见一个盲童把手中的拐杖一扔，背上书包，高高兴兴地上学去了，我还看见坐在轮椅上的残疾老爷爷一下子站了起来，和老奶奶度过幸福的晚年……

我要把紫色花瓣给每一个家庭，希望人们平安快乐。

我还有最后一个愿望，就是让我用生命去换取世界永远的和平。如果上帝能听到，请实现我七色花的愿望！

自以为是的红泥巴

林煜成

从前，有一块红色的泥巴。它和它的家庭成员原本无忧无虑地住在一起。可红泥巴从小时候起养成了一种坏习惯——自以为是。它认为自己能言善辩，常常让别人哑口无言；再加上编造一些假话，让别人信以为真。因此，它更得意了，更任着性子。看，大家说对的它偏说错；大家认为应该的，它总说"不行"。它总认为，自己比别人聪明，比别人高大，别人样样不如它。别人批评它什么，它总要找几条理由把别人顶回去，为自己狡辩。

天上飞过的小鸟告诉红泥巴，世界有多浩瀚，河山有多壮丽，人类的智慧有多惊人……红泥巴还是听不进去，还是一意孤行，它认为自己的头脑、才华才是天下无人可比的。爸妈教诲，它厌烦了；兄弟姐妹劝说，它不听；太阳伯伯、清风阿姨的忠告，它撇撇嘴，扭头不理……它甚至暗暗准备离开它的家，去寻求自以为适合的得意王国了。

终于有一天，它挣脱了与家庭的纽带，它高兴极了：我自由了！谁的话我都可以不听，我想做什么谁也不能拦我！世间我最厉害！谁也管不了我了……到哪儿去呢？一阵犹豫之后，只见它从它家原先住的高坡蹦了出来，往下滚动。滚着滚着，越滚越快，到了最后，它缩起双脚用力一跃——"扑"的一声，落水的声音传来，它跌进了坡底的污水沟里。身子慢慢地向下沉，身躯也慢慢分解、融化。

日复一日，年复一年，原来的红泥巴不再有原来的形态了，也不再有原来红红的颜色了，它成了污水沟里的淤泥，岸边滚下来的垃圾、污物以及死鸡死鸭死猪死狗死老鼠和它混成一体。淤泥越积越厚，越来越臭，以至于空气中都弥漫着叫人无法忍受的恶臭。时至今日，当初的红泥巴也知道自己错了，但它已无力自拔——它连自己的身体都不知分散到何处去了……

假如我会魔法

倪樱元

假如我会魔法，我要骑哈利波特的飞天扫把，去美丽的黄果树瀑布，看看那里的自然风光。我要多拍几张黄果树瀑布的照片，和同学们一起欣赏黄果树瀑布的壮美。

假如我会魔法，我要阻止捕杀动物。因为它们是我们的朋友，我们应该好好地保护它们，而不是随意捕杀它们。有一句广告词说过：保护野生动物，没有买卖，就没有杀害。

假如我会魔法，我要去古老的原始森林，让动物们听懂我们的语言，方便我们之间的沟通。我们尽情地玩耍、欢笑，与动物为伴。

假如我会魔法，我要变出一架瞬间移动的飞机。这样，人们只要准备好东西，说出想要去的地方，就可以瞬间移动。而且，它还会全程服务，提供丰盛的美餐。什么时候想回去，只要心里想着回去的地方就可以瞬间到达。

假如我会魔法，我要制造出一种不挑食药丸和好孩子药丸。只要给挑食的孩子吃下不挑食药丸，挑食的孩子就会立即津津有味地吃饭；给不听话的孩子吃下好孩子药丸，无论他有多淘气，都会乖乖的。

假如我会魔法，我要让那些不珍惜时间的人的时间快速地流逝，让他们懂得时间是最应该珍惜的，最宝贵的。从此爱惜时间，要知道：一寸光阴一寸金，寸金难买寸光阴。

同学们，假如我们都会魔法，我们一定要把祖国变成物产丰富，美丽富饶，举世闻名的发达国家。

假如我会魔法……

梦　想

曲洪波

梦想源自地母，发自天籁，出自心灵。大自然所有美妙的事物是梦想的母体。

没有梦想的人生是残缺的古筝，它所奏响的永远只是前人定下的音符。没有流畅，没有融合，不能奏出自己独特的人生之歌。

月色凉凉夜，轻快铮铮声，每一个音符、每一首曲子都是音乐，都是梦想！

但闻琴声如发鬓上的珠宝丁零零作响，似长裙上的翠玉咚咚有声，这是年轻的梦想，快乐的童年，无忧的少年。

但闻琴声像房檐下的铁马儿随风晃动，又像窗帘下的金钩儿敲打窗棂，这是初涉人生的惆怅，是青春期中迷惘的梦想。

没有梦想，哪来诗句？没有梦想，哪来意境！

梦想有无限的想象空间，有无限度的弹性，能变幻出无穷的花样，能容纳无尽的内容。人的喜怒哀乐可以用梦想来收藏，人的聚散离合可以用梦想来抚平，情感的波动、心灵的创伤、动人的情怀，梦想是它们的归宿。

梦想让人的灵魂进行深呼吸，让人超凡脱俗，让人在杳杳冥冥中悟得人生的奥义。经典的梦想是什么？是人猿第一次举起棍棒的嚎叫。声声尖利代表了人类的诞生和对大自然主宰的宣战。

在生活中，有了梦想便有了前进的动力。虽然梦想在生活中不能全部得到满足，因而梦想与现实构成永远的抵牾。但也正因为如此，梦想使现实得到了延伸，使社会得到了发展。为了自己的将来，为了明天的社会，为了我们成为祖国明天的栋梁之材，让我们一起拥有梦想、实现梦想。带着自己的梦想去实现梦想，带着梦想前进、出发。

我是一片叶

管仕杰

"我是一片小小叶，想要看就看得更远……"这是我的口号。

清晨，当我还在美梦中时，一个慈祥的声音钻入了我的耳朵里："快起床，太阳晒屁股了！"原来是大树妈妈在叫我起床。我慢慢睁开蒙眬的双眼，向天空望了望，看见火红的太阳挂在空中，便伸了个懒腰，四下张望起来：两只色彩斑斓的蝴蝶在花丛中飞来飞去，互相打闹、嬉戏；小鸟在蔚蓝的天空中自由地飞翔着；一条清澈的小溪欢快地唱着歌，从树妈妈身边流向远方……

我正陶醉在大自然的美丽之中，一个上午不知不觉就过去了。一滴水滴到了我的脸上，我吓了一跳。原来，下雨了。雨越下越大，雨点们也越来越活跃。我随着唱起歌来："我要飞得更高……"雨点们也为我伴奏，像一个乐队，"滴答滴答"的声音使我陶醉了。

夜晚悄然而至，太阳躲到山后面睡觉去了，该轮到月亮值班了。皎洁的月光洒向大地，笼罩着这片幽静的森林，像一面轻纱。陡然间，不知哪里响起了蟋蟀的《小夜曲》，悠扬的"琴声"使我如入仙境。

第二天，我睁开双眼，却发现有些异常：自己的兄弟——树叶不见了，就连大树妈妈也不见了踪影。这时，我才发现自己孤零零地飘在空中，于是害怕地大喊："救命啊，我要掉下去了！"忽然响起一个声音："不用怕，我托着你呢。"我低头一看，原来是风姐姐。风姐姐对我热情极了，带我坐过山车，领我吃"云彩棉花糖"，我趁机欣赏了一下我从没见过的美景：哇，真漂亮！群山环绕，绿树掩盖了黑色的土地，使大山显得更加生机勃勃；各种小动物都像蚂蚁一样蠕动。

"你去洗个澡吧！"还没等我回答，风姐姐已经把我放进了小溪。"啊，水好凉！"我一进水里就打了个冷战，但马上就适应了。鱼儿游过来向我问好，水草也向我招手；小松鼠见了我，就向我友好地一笑，青蛙看见我，高兴地"呱呱"叫。我也充分展示我的才能，在水中蛙泳、仰泳、自由泳，还能潜水。当我玩够了，风姐姐把我送回了大树妈妈的身边。

　　"我是一片小小叶，想要看就看得更远……"

未来的憧憬

罗舒桐

每当我感到疲惫时，总喜欢伫立窗前，眺望着窗外的美景。窗外永远比室内美，有绿色的树，缤纷的花，绿油油的草地，高楼大厦，走在路上的人们……窗外的一切都是那么美好。

我仿佛看到了对美好未来的憧憬，看到了美好的明天。早晨，当第一丝清风与我撞了个满怀，第一束阳光射进我的心房，新的一天开始了。在那棵老榆树前，微风吹拂着柔软的柳枝，传来一阵阵欢声笑语。一群孩子在树下玩耍打闹，他们笑得那样甜，那么美，好像在笑声中，小草找到了快乐，彩云追到了幸福，而我则回想起我当年在那棵榆树下面发生的事。我与伙伴们春天在这里读书，享受清风的洗礼；夏天我们在下面玩耍，沐浴午后的阳光；秋天我们一起拾落叶，感受大自然的清香；冬天我们一起堆雪人，回味雪的一丝忧愁……这里有我的童年，这里有属于我的天真烂漫，这里埋藏着我的心灵种子，这里的每一片绿叶都是我的快乐，我属于这里，它们也属于我。而如今，这群天真烂漫的孩子属于这里，他们跟我一样在这里记下童年，埋藏种子……我在这令人如痴如醉的景象中找到了童年时的天真烂漫。

中午，打开窗子，看到像魔法师的世界，我看到了一本本深奥的书，它富有无穷的魔力，它让我看到未来，它让我对人生规划了一个新的起点。我想当一名律师，我想当一名警察，我想当一名教师……俗话说得好：三百六十行，行行出状元。而我认为未来的人生是一场精彩的戏，主角是我，而这场戏的导演也是我，每一天的生活都是一个新的起点，每天的戏不用刻意去演，他只捕捉你最自然的一面。人生在一次次变化中寻找永恒，又在不停的奔波中寻觅新的起点。走出来还是一片天。但是在午后的阳光中我找到了什么是人生。人生是一首诗，一首令人揣摩一生的诗。我的人生就像美好的明天，我对它充满了渴望。

傍晚，我打开窗。夕阳西下，晚霞映红了半边天，又反射到江中。真像一朵朵红莲在江中绽开，美丽极了。我不禁想起文天祥的诗句：人生自古谁无死，留取丹心照汗青。对呀，生死是生命的自然规律，但我想人过留名，雁过留声。虽不能死得像刘胡兰一样伟大，但我会像鲁迅先生一样，不求功名不求利，永远活在人们的心中。我只希望我会有一个美好的明天。

第五部分　奇奇梦虹霓

我们的未来不是梦

刘昱圻

明天是美好的，是崭新的，是令人向往的。

今天过去了，明天将会来到，昨天便成为历史。昨天过去，将再也回不来，但明天还在等着我们去创新，虽然"昨天"我们还在伤害小动物，虽然"昨天"我们还在乱砍伐树木，虽然"昨天"我们还在乱扔垃圾。但今天我们可以改过自新，重新开始。为了明天变得更美好，让我们一起努力吧！

"昨天"，弯弯曲曲的小路上尘土飞扬，果皮、纸屑、脏水被随意抛洒；"昨天"，下雨的时候，走在小路上，衣服都会弄脏；"昨天"，下雪的时候，路上结满了冰，稍一不小心就会摔倒。可是，明天就截然不同啦！看看我设想的五十年后会是什么样子的吧。

摩天大楼拔地而起，楼内千奇百怪。我领着大家去看看吧！

我来到楼内，奇妙的事情就这样发生了，我的身体竟然就在瞬间移动到了大楼的中央大厅！可是我并没有走动呀？正当我疑惑的时候，一个身穿制服的保安出现在我的身边："欢迎您乘坐'气能移动器'来到我们中心。"我好奇地追问："什么是'气能移动器'？"保安亲切地告诉我："'气能移动器'是由气能、地能和宇宙能三者结合起来的一种无形的能量，它是由人的意志所控制的，只要你想到哪儿，它就会在瞬间送你到想去的地方。甚至是宇宙中任何一个角落，而且没有任何排放，不会污染环境。"说着，保安带我来到了大楼大厅的一角，指着一根大柱子说："这就是我们大楼最主要的支柱。别看它普普通通，它除了固定大楼以外，在地下的实际深度可达几千米，能把地心的热能传输给整个大楼，提供整个大楼所需的热能。"

保安又带我来到了大楼的正前方，指着这幢大楼说："别看这座大楼高耸入云，其实它只需要一个人就可以建成的哟！"我说："那怎么可能？一个人哪里能建这么高的楼房？"保安笑着说："其实我们的房子是采用最先进的生物能源的种子种出来的，它可以无限地复制，不断地生长。就在我们说话的时候，它又长高了好多层。在它生长的时候不但不会像从前盖大楼时产生很多垃圾，还会释放氧气来供人们呼吸。你看，这座大楼的外面其实不是玻璃。它具有玻璃的通透性，但只要有阳光或者微风和空气流动，就会通过高频振动产生电能，提供大楼里所有的用电需求。你看，还有这个……"

为了美好的明天，我们要做的事很多，最重要的是给自己"充电"，什么是"充电"，就是用知识武装自己，把自己变成一个有学问的人，有了学问之后，才能够发明创造，才能让我们的明天变成我设想的那样。同学们，让我们一起努力吧！

179

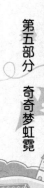

我是梦境国的仙女

舒燕南

我是谁呢？我是鼎鼎大名的梦境国的仙女，大家做的梦都是我安排的。可梦是怎样来的呢？很简单，那得看你们大家一天的表现如何。

小红是一个爱学习的好孩子，她乐于助人，但是很不幸，在她很小的时候妈妈就去世了。我知道了她的情况，便送给了她一个紫色的梦，在梦里她又见到了妈妈，小红笑了，笑得多么甜呀！

小妮是个多才多艺的女孩，她会唱歌，会跳舞，会弹琴，会下棋。一句话，她什么都会。我想：这么好的一个女孩，送给她一个粉红色的梦吧！在梦里，小妮变成了一个出色的明星，大家都很喜欢她，她在演艺圈里最红。

我一边飞，一边把梦给人们，人们收到了不同颜色的梦。我想：还有谁家没去呢？对了，小滔家没去。呀，小滔是一个非常淘气的小孩，经常欺负人，上课也不认真。于是我决定送他一个黑色的梦，可又一想，要是把黑色的梦送给他，他还会继续欺负别人，于是我把黑色和红色的梦一起送给他。在梦里小滔遇见了一只特大的老鼠，正在追赶他，他害怕极了。正好小伙伴们来了，帮他打跑了那只大老鼠。

小滔醒后，想了想，马上穿上衣服跑到学校，小伙伴们见到了小滔，以为他又要欺负人了，心里很害怕。没想到小滔走到大家面前说了一声对不起，就这样大家就成了好朋友。

对了，时间已经不早了，我该回去了，因为今天晚上的梦正等着我去安排呢！最后，送你一句话：好人都有好梦，祝大家都有一个好梦。

温暖的珍藏

孙竞开

　　有一个海洋国度来的小男孩明心到陆地上的国家寻找友谊。

　　当他早上来到陆地的时候，正好有一群和他差不多大的来赶海的孩子们在金黄色的沙滩上捡着美味的海鲜和漂亮的贝壳。那些孩子看见了在沙滩上漫无目的走着的明心，就热情地邀请他与大家一同去赶海。明心见他们没有恶意，就同意了。他们走了很久，在海滩上留下了欢快的笑声和一对对小脚印。他们玩得非常开心和融洽，在分别的时候明心说出了他自己的秘密，他告诉孩子们，他是从海洋国度来陆地寻找友谊的孩子。那群孩子一听非常吃惊，但还是十分欢迎这位从海底来的新朋友。他们还约好明天再一次与明心一同玩耍。

　　第二天，几个小伙伴又聚在一起高高兴兴地玩耍了整整一天。而且在明心要回到海底的时候，他还送给每人一颗很大的珍珠。万万没想到这一幕让一个贪心而且总想不劳而获的人看见了，他想：一个小孩怎么会有这么多这么大的珍珠呢？男人想到这，就马上找到那几个刚刚收到珍珠的孩子。那几个孩子都非常守信用，一直守口如瓶地保守着这个秘密。因为明心告诉过他们无论如何都不可以说出海洋国度的秘密。可那人不死心，在孩子们每天玩耍的地方安了一个监控器。几天过去了，男人也知道了一些有关海洋国度的秘密。他兴奋极了。因为他知道只要把这件事向媒体公布，自己不但可以出名还可以赚到很多钱。正当他准备报告时，大家及时发现并制止了他。明心为了以防万一，还从家里拿来了记忆吸取机，吸走了这个男人这段时间的全部记忆。明心为了不让更多人知道海洋国度的秘密，决定不再来陆地了。于是他恋恋不舍地和伙伴们告别，又回到了海底。他说他在陆地的几天是他非常快乐的时光，等将来有机会他会带小伙伴去他的海洋国度做客。

　　明心虽然只在陆地待了几天，但是他却得到了深厚的友谊。那几个伙伴也会在想明心的时候看一看那"温暖的珍藏"——珍珠。

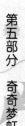

理　想

王子栩

　　理想是什么？理想是人生在每个阶段的目标，它会使你向着梦寐以求的那个方向努力前进！

　　每个人都有着美好而伟大的理想，但很多人认为自己的理想太完美，太伟大，根本就是空想，自己实现不了。是的，一些人的理想确实很伟大，自己实现不了，但是，它既然是自己的理想，那就不要再犹豫，向着自己的理想前进吧！

　　理想就是一粒种子，你把它种下，不断地浇水、施肥，它便会开花结果；理想是一根魔法棒，你把它拿在手里，它会为你照亮前进的道路；理想是一颗耀眼的明珠，你把它带在身上，它会让你全身发光；理想是天使的翅膀，你把它安在身上，它会带你自由飞翔，飞到你的理想世界，让你梦想成真！

　　理想是人生的一部分，失去它，人生将会变质，变得没有目标，没有终点。

　　没有浇水、施肥的种子，不会开花结果；没有魔法棒的你，不会看到前面那艰险而漫长的道路；没有明珠的你，不会发光；没有天使翅膀的你，不会飞翔，更不能自由地翱翔！

　　让我们一起努力，一起走进我们的理想世界！

我最想去的地方

洪洁婷

　　每天清晨，闹钟铃声响起，迷蒙睡意中的我不情愿地爬起，时不时地嘴里还在嘟哝着些什么。清晨那束阳光通过明亮的窗户射进来，透过白纱的窗帘，洒在书桌上，床上，它随着窗帘波浪形的皱褶有着不同的形态。这短暂的视觉景象让人感觉是那么舒适，可又像被拘束着。明媚的阳光，只能通过这一扇小小的窗户透进来……

　　走在上学路上，时间的仓促让我不得不加快脚步，看到的仅有脚下的路，听到的只有马路上汽车的喧嚣。大型巴士飞驰而过，留下的是一团团黑烟与尘土和一股重重的汽油味儿。路上来往的人们无不板着脸，风风火火地快步走着，看上去是那么冷漠。城市的飞速发展、激烈竞争驱走了一幕幕热心与感人的画面，在和谐中又添加了一份挑战。

　　我梦想去的地方，那里天高地阔。没有喧闹，没有拥挤，没有浓厚的汽油味儿，有的只是青草的清新。那儿有草原，有高山，有河流，还有如云一般的羊群，以及和蔼的人们。

　　我喜欢那里的天高地阔，可以让我全身心地放松，抛去一切的烦恼，暂停所有的兴奋，静下心来，长吸口气，感受大自然的气息。那里，可以让我尽情地调整心态、情绪，闭上眼睛，感受那份清静。站在山峰上，我的心情会开阔许多，心胸似乎会更为宽广，那一切的感受都让人不舍离去。

　　我喜欢那里的蓝天白云，那儿的天空是湛蓝的，纯净的，没有一点杂质，那儿的白云平散在天空中，变幻着，飘动着。那儿的夜晚也一样安详，宁静。深蓝色的夜空中，有数不完的星星点缀着，还有月亮，那儿的月亮似乎永远都是明亮的，照亮了整个草原。

　　我喜欢那里的人们，天高地阔的情怀孕育了他们，他们快乐、善良、纯洁，如同那儿的蓝天、草原一样有着开阔的胸襟、烈火般炽热的感情，和钢铁般坚定的意志。

　　我梦想，我梦想去那里，那里的一切都让我神往，那里的一切都令我留恋。

流星·愿望

孙 嫒

一颗流星划破了黑夜的寂静。几千几万双眼睛盯着它，心中默默祈祷，祈祷……

"流星，我祈求你，让我有完好的听觉吧！"儿时的贝多芬虔诚地祈祷着。贝多芬从小就有当一名音乐家的梦想，可是由于耳朵失聪，让小贝多芬当音乐家的美梦破碎了。这时，一颗流星划过，它并没有给予贝多芬完好的听觉，而是赐予了他坚定的信念，使他有用牙咬住木棍听乐曲的刻苦精神，让他追自己的梦，又让他圆自己的梦。

"流星，让我变聪明一点儿吧！"坐在苹果树下的小牛顿望着刚划过的流星说道。牛顿小时候并不聪明，还经常"胡思乱想"，因为这一点老师不知道骂过他多少次，还说他太笨了……流星划过并没有使他变得更聪明，而是在苹果树上摘了一个苹果扔给他。他并没有像其他小朋友那样把苹果洗干净后吃掉，而是研究苹果为什么往下落，却不往上飞。经过不懈地努力，他终于发现了"万有引力定律"，为后代的科学研究做出了巨大的贡献。

"流星，拜托你，请让同学们相信我的推测。"伽利略看见流星划过后默默祈祷着。小伽利略发现了一根羽毛同一颗炮弹能以同样的速度通过空间下降，但他却因为这个猜想遭到了同学与教授的谩骂。流星并没有让他的同学和老师都相信他，而是告诉他要用事实说明一切。最后，他在比萨斜塔上圆满地完成了他的实验，并证明了他的推测。

也许，流星划过，不会给予你最想得到的，但它一定会给你一个意外的惊喜。只要你抓住了这个惊喜，向上攀登，你就一定会得到你想要的。